왓슨빌

왓슨빌 개정판

초판 발행일   2020년 4월 15일
개정판 발행일   2023년 3월 10일

지은이   정연진
펴낸이   손형국
펴낸곳   (주)북랩
편집인   선일영   **편집**   정두철, 배진용, 윤용민, 김부경, 김다빈
디자인   이현수, 김민하, 김영주, 안유경   **제작**   박기성, 황동현, 구성우, 배상진
마케팅   김회란, 박진관
출판등록   2004. 12. 1(제2012-000051호)
주소   서울특별시 금천구 가산디지털 1로 168, 우림라이온스밸리 B동 B113~114호, C동 B101호
홈페이지   www.book.co.kr
전화번호   (02)2026-5777   **팩스**   (02)3159-9637

ISBN   979-11-6836-775-3 03810 (종이책)   979-11-6836-776-0 05810 (전자책)

• 이 책은 『왓슨빌: 별이 보이는 곳』의 개정판입니다.

(주)북랩 성공출판의 파트너
북랩 홈페이지와 패밀리 사이트에서 다양한 출판 솔루션을 만나 보세요!
홈페이지 book.co.kr   •   **블로그** blog.naver.com/essaybook   •   **출판문의** book@book.co.kr

작가 연락처 문의 ▶ ask.book.co.kr

작가 연락처는 개인정보이므로 북랩에서 알려드릴 수 없습니다.

힐링  에세이

별과 바다가 보이는 곳

왓슨빌

글, 사진 정연진

 북랩

서문

✦   '어쩌다 출간'이라는 말은 이 책『왓슨빌: 별과 바다가 보이는 곳』에 딱 맞는 말인 것 같다. 왓슨빌에 살았던 기간 동안 사실 일이 계획대로 된 것만도 아니어서 여기 실린 글들은 그저 한탄 섞인 일기에 불과하다. 코로나 시국과도 겹쳐 그해 한국으로 돌아오는 과정도 순탄치 않았었다.

사람은 애정과 격려의 힘으로 삶을 살아낸다고 믿는 편인데, 이 책도 그렇게 살아남았다는 것을 안다. 책이 출간된 후 친구 두 명에게 책을 보냈는데 내 입장에서 그것은 한국에 돌아왔다는 소식 겸 안부 인사였다. 이 책이 몇몇 신문과 잡지의 추천도서가 되고, Y문고의 여행 에세이 기획전 포스터에 등장했던 것은 순전히 이 친구들의 일명 '깨알 홍보'덕이라는 것을 알고 있다. 출간된 해에 이 책은 자동차전문 C매거진의 〈7월, 이달의 도서〉를 시작으로 문화뉴스의 〈한달 살기 하고 싶을 때〉 추천 도서 등으로 선정되기도 했다. 이름도 얼굴도 모르는 분들의 격려에 마음으로 감사드린다. 그리고 2022년 12월 안산시민을 위한 도서전시 12선, '훌훌 털고 훌쩍 떠나봐요' 여행도서전 전시도서로 선정된 소식에 기뻤다.

한편 부끄러움도 앞섰다. 아마추어 작가에다 일상의 기록에 불과한 일기를 꼼꼼하게 읽어주시고 공감해 주시는 분들에게 교정도 덜 된 푸석푸석한 사과 같은 글을 계속 보여드리고 있어서다. 친구의 조언으로 꼭 고쳐야 하는 몇 곳을 수정하기로 하고 개정판을 낸다. 예상치 않았던 이 계획은 어쩌면 운명처럼 예정되어 있던 일이었는지도 모르겠다.

북랩 에디터의 정성에 개인적으로 인사드리고 싶다. 책을 출간하는 과정에서 담당자분들의 의견은 아주 중요하다는 것을 처음에는 몰랐고 이제는 안다. 철없는 에세이스트를 격려해 준 소중한 친구 윤경실과 최일용, 친구의 친구 오로시, 직장 선배였던 나의 멋진 지인들 강혜경, 강재경, 최진희 님에게, 그리고 하옥진 언니에게도 이 기회에 두 손 모아 인사드린다. 모든 분들의 건강과 행복을 기원하며.

2023년 3월.

여전히 '느린 학문' 분야의 연구자로 살고 있는 에세이스트. 정연진

Contents

차고 위의 삶이 시작되고

✦　　중학생이었을 때쯤 베스트셀러로 인기를 끌었던 『7막 7장』이라는 책은 친구들과 놀기보다 책 읽기를 좋아했던 내게 가장 인상 깊었던 책 중 하나이다(그다음은 『새로운 시작을 위하여』 정도일 것이다). 스스로 미국 유학을 준비한 중학생의 이야기는 당시 꿈에 대해 거의 생각해 본 적도 없던 어린아이에 불과했던 내가 보기에 신비한 나라로 여행을 떠난 공상만화처럼 비현실적인 느낌이었다. 홍정욱은 그때까지 내가 알던 사람 중에서 가장 멋지고 성숙한 청년 축에 들었다.

이곳은 수많은 이들이 '미국의 꿈'을 향해 모여드는 곳이라지만 나는 단 한 번도 해외로 이주하여 살아 보겠다는 포부나 의지를 가져 본 적이 없었다. 기회가 있었다면 당연히 경험해 보았겠지만 자의든 타의든 나는 미국으로 유학을 꿈꾸기에는 너무나 평범한 대한민국의 딸이었다.

이번에 나는 햇살이 좋은 캘리포니아의 한 마을, 왓슨빌에서 가을을 보내게 되었다. 이 글은 왓슨빌의 어느 집 2층, 정확히는 차고가 있는 바로 위의 작은 방에 한동안 머물게 되는 나의 이야기이다. (이 방의 주인은 따로 있고, 내가 언제까지 여기에 있을지는 모른다.)

차고 위의 삶은 (이미) 시작되었지만, 나는 아직 캘리포니아의 햇살에도 적응하지 못해 혼란스럽다. 그러나 동시에, 이미 발갛게 익어 가고 있는 얼굴과 팔과 발등을 보면서 기록은 시작되어야 한다는 생각이 들기 시작했다.

어떠한 상황이나 순간에서도 삶의 시계는 멈추지 않으므로.

왓슨빌의 9월의 시간들은 이미 내 피부에도, 정신에도 새겨지고 있으므로.

어떤 사과들

2014년, 대전에서 열린 어떤 시상식에서 발표할 기회가 있었다. 그 자리에서 나는 '어떤 사과들'에 대한 이야기를 발표 내용에 넣었다. 과학의 역사를 어느 정도 바꿔 놓은 뉴턴의 사과도 있고, 스피노자가 심겠다던 사과도 있고, 과일을 대표하는 상징으로서의 사과도 있고, 또 어쩌면 21세기 현재 가장 인기 있을지도 모르는 애플사의 사과도 있고…. 어떤 사과는 과학의 역사가 되고, 어떤 사과는 인류가 가져야 할 희망이 되기도 하고, 또 어떤 사과는 과일을 대표하는 상징으로 등장하기도 하는데…. 참석자들이 대부분 큰 성과를 목표로 어떤 단계를 시작하는 사람들이어서 인류의 역사를 바꾼 몇몇 사과들처럼 그들도 그렇게 될 거라는 희망의 메시지를 담았었다. 그렇게 거창하게 사과 이야기를 했지만 정작 내게 사과는, 내가 가장 사랑하는 '음식'의 상징, 그것인

왓슨빌

것 같다.

가장 좋아하는 과일은 사과인데, 가장 잘 먹는 음식을 통틀어 일컬을 때도 어쩌면 사과가 그 답인 것 같다. 며칠 전 저녁 산책에 나섰다가 동네 어귀의 어느 집 앞 나무에 사과들이 매달려 있는 광경을 보고 깜짝 놀랐다. 정말 이것이 사과란 말인가. 사과나무를 거의 처음 본 것 같은데 그것도 가정집 앞마당에 주렁주렁 매달려 있는 사과를 보게 되다니. 사과들은 바닥에 떨어져서 뒹굴고 있었는데 크기는 아이 주먹만 한 것에서 내 주먹만 한 것까지 다양했다.

일부러 심은 듯한 사과나무들은 분명 집 담장 밖에 뿌리가 있었다. 주민의 증언에 의하면 그 집에서는 그 사과들을 따지 않고 그냥 내버려 둬서 매년 이맘때면 사과들이 떨어져 길가에 뒹군다는 것이다. 세상에. 이게 실화인가. 야생 사과라니. 늦은 밤이었고 그 집 담장 안에서는 인기척이 느껴지지 않았으며, 사과는 어두운 가로등 불빛에도 발갛게 익어 반짝거리고 있었다. 조심스레 바닥에서 몇 알을 주워 보았다. 나무에서도 몇 알 따 보았다. 한밤중의 사과 서리. 한국에서도 시골로 체험학습을 가서나 경험해 볼 만한 일을 타국에서 해 보니 은근 스릴이 있었다. 다섯 알쯤을 조심스레 들고 돌아왔다. 남의 집 열매를 훔쳐 왔다는 약간의 죄책감이 들기는 했지만, 아기자기하면서 예쁜 사과들을 보니 즐거워졌다.

오늘 낮에는 간단한 물건 살 일이 있어 근처 마트에 갔다. 주로 야채 등이 많은 곳이었는데 마침 사과를 싸게 파는 중이었다. 종류가 다양한 사과 중에서도 내가 좋아하는 것은 갈라(Gala)이다. 주민의 말로는 사과들이 종류가 많고 그중 갈라는 아주 맛있는 품종은 아닌 것 같다고 다른 사과를 추천했지만, 나는 한눈에도 내가 좋아하는 품종의 사과가 갈라라는 것을 알아보고는, 꼭 갈라로 사겠다고 고집을 부려 한 봉지 가득 주워 담았다. 마침 갈라 사과를 세일하는 중이어서 한 봉지에 삼사천 원 수준이었다.

사실 갈라 사과는 내가 10여 년 전, 이곳에서 수백 킬로미터 이상 떨어진 동쪽의 끝 지역에서 잠시 교환 학생으로 와 있을 때 먹어 본 품종인 것 같다. 그때 그 맛을 잊을 수가 없었는데 한국에서는 거의 보기 힘들었던 종이었다. 푸석푸석하고 잘 부서지는 편이라 별로일 것이라고 말해 준 주민의 조언에도 아랑곳하지 않고, 나는 내 추억의 갈라 사과를 한아름 안고는 철없이 기뻤다.

아, 한밤에 주워온 야생 사과… 추억의 갈라 사과….

사과를 먹고 있으니 로버트 프로스트의 시가 절로 떠오른다.

두 가닥 긴 사다리는 나무를 타고 올라가

아직도 하늘을 향하고,

그 옆에는 채워지지 않은 바구니와

또 어떤 가지에는 따지 못한

사과들이 두서너 개 있는지 모른다.

그러나 이제 나는 사과 따기를 끝마쳤다.

겨울잠의 진수(眞髓)가 밤의 대기를 채우고,

사과 향기에 취해, 나는 잠 속으로 빠져든다.

…

　　– 로버트 프로스트, 「사과 따기를 끝낸 후」에서

미안하다, 감사하다

✦　　　왓슨빌 주민이 된 지 얼마 되지 않았는데(실제로
는 바로 어제부터인지 모른다. 그동안은 아무것도 아닌 사람, 어
제부터는 일명 주민등록을 일단 한 사람), 하루 종일 여러 번
듣는 말들이 있다. '미안하다'와 '감사하다'가 그것.

　이때의 '미안하다'는 큰 잘못을 했을 때 하는 말이 아니
라 마트에서 서로들 거리가 너무 가까울 때 서로가 서로
를 위해 공간을 비켜 줄 때 쓰는 '쏘리'. '감사하다'는 큰 도
움을 받아서라 아니라, 작은 물건 하나를 사고 계산하고
나오며 '거의 반드시' 해야 하는 일상적인 '고맙다'의 의미.

　한국에서도 가장 자주 쓰는 말이긴 하지만 쓰는 빈도
에는 확연히 차이가 있다. 동양 문화권에서는 표현하지
않아도 아는 '눈빛'으로 통하는 의사소통 방식도 꽤 되는
데, 이 마을에서는 목소리를 크게 내지 않으면서도 '미안
하다', '감사하다'는 꼭 하는 것 같다. 당연히 '아니다', '괜

찮다'의 빈도 또한 아주 높다. 상대가 고맙다고 했을 때, '아니다' 또는 헤어지는 인사 정도를 답으로 해 주고, 상대가 미안하다고 했을 때 괜찮다는 말이나 손짓을 크게 해 주고… 아무리 말이 없는 사람일지라도 하루에 몇 번씩은 꼭 쓰게 되는 말. 서양 문화의 이미지는 여기에서부터 동양 문화와 차이가 생기고 여기서 시작되고 끝나는 것만 같다.

다른 건 몰라도 인사는 잘한다는 말을 곧잘 들었는데 이곳 사람들과 비교하니 나는 세 살 아이 수준이다. 처음에는 눈으로 하는 인사, 고개를 숙여 답하는 인사가 먼저 튀어나왔다. '세상 어디나 사람 사는 곳이니 적당히 알겠지, 눈빛과 손짓으로 하는 언어가 안 통하는 곳이 없으니 괜찮겠지' 하는 마음이 본능적으로 있었던 것 같은데, 어느 순간 알게 되었다. 이 사람들, 이 바쁜 사람들은 나를 '저 애는 관광객이나 외부인, 이방인 같군' 하고 보는 것이 아니라 그냥 여기 사는 주민이겠거니 하고 일상적으로 대하는 것이다. 한국 사람이 한국 사람 대하듯이.

그도 그럴 것이 거의 전 세계의 모든 인종들이 사는 곳이다 보니, 특히 캘리포니아이다 보니, 아시아인이 꽤 많다. 누가 중국인이고 누가 일본인인지 구분도 안 가고, 관광객 외에는 일명 '검은 머리의 외국인' 느낌이 모든 주민에게서 난다. 여기에 얼마나 살았는지, 정식으로 체류하는 사람은 맞는지, 여행인지, 다른 주에서 왔는지 그런 것들은 관계없이, 동양인인지 아닌지도 신경 쓰지 않고 그냥 이민자나 이민자의 자손이겠거니 하는 것 같다. 한국에서 관광하러 온 어떤 한국인이 다른 한국인에게 "정말 한국 사람 맞아요?"라고 했다는 말을 이곳 주민에게 들었는데 생각해 보니 외국에 오래 산 사람은 고향이 어디건 간에 살고 있는 곳의 이미지를 어느 정도는 담아 가는 것 같다. 왠지 이국적인 느낌 말이다.

'미안하다'와 '감사하다'는 나도 자주 써야 하는데 내가 미처 인사하기도 전에 그 사람은 고개를 돌리고 다른 일에 집중한다. 감정이 듬뿍 필요한 대화가 아니라, 영어 회화 연습용 대화가 아니라, 그들에게는 그저 일상적인 언어라는 말이겠지. 대신, 필요할 때에는 꼭 써야 하고, 쓰지 않으면 어딘가 무례한 인상을 주는 말.

그래서 한국어를 공부해서 한국에 온 외국인들이 놀라는 것 중 하나가 '미안하다'와 '감사하다'를 의외로 자주 쓰지 않는다는 사실인가 보다. 지난 학기 '영미 문화의 이해' 수업에서 학생들에게 학기 초에 언급했던 것이기도 한 이 내용은 수십 년 전부터 동양과 서양의 문화 차이 혹은 에티켓에 대해 이야기할 때마다 나왔던 것 같다. 아니 사실, 문화니 뭐니를 운운하기 전에 이 간단한 두 마디의 인사는 자주 쓰면 쓸수록 좋은 면만 있는 것 같다.

왓슨빌

꽃, 빵, 아이스크림
¦ 더위를 이기는 햇살과 바람

✳ 꽃을 키우는 것의 팔 할은 당연 햇살과 바람일 것이다. 빵의 재료가 되는 곡식 역시 좋은 햇살과 바람이 있어야 잘 자랄 터이다. 여름날이 겨울날보다 더 많은 캘리포니아에서 아이스크림이 종류별로 다양하고 많고 많은 것은 어쩌면 따사로운 햇살, 어느 때에는 '더위'라고 말할 수 있는 태양빛 때문일 것이다.

아이스크림 스쿠퍼로 일한 적이 있는 나는, 한국에서 배스킨라빈스 아이스크림 종류의 이름을 꽤 아는 편에 속했다(많이 먹진 않았지만 어쩔 수 없이 줄줄이 암기했던 기억이 뇌에 새겨진 듯하다). 그러다가 이곳 마트에서 파는 아이스크림들이 정말로 다양하고 많은 것을 보고는 조금 놀랐다. 하겐다즈나 배스킨라빈스 외에도 네슬레 등에서 만든 다양한 상품들이 거의 마트 한 줄을 꽉 채울 정도로 많아서 신기했다. 양쪽으로 여는 문이 달린 냉장고 수십 개가 나란히 아이스크림만 담고 있는 장면을 상상해 보라. 배스킨라빈스의 경우, 파인트와 쿼터 사이즈에 담겨서 마트에서 판매되고 있었는데 한국 슈퍼에서는 이런 것을 본 적이 없었다. 결론은, 한국에 수입되어 온 아이스크림 종류가 극히 일부였더라는 것.

섭씨 37도가 되는 날도 있는 왓슨빌의 9월은 햇살과 바람 때문에 그나마 용서가 된다. 바람은 시원한데 머리와 얼굴은 따가워 모자나 선글라스가 있어야 한다. 6월경, 안경을 하나 더 맞추려고 갔던 안경점에서 선글라스를 권유하며 아메리카 사람들이 까만 선글라스를 아무 때나 끼고 다니는 것이 사실은 멋이 아닐 수도 있다고 했던 안경사의 말이 생각났다. 유행을 위한 소품이 아니라 하루 종일 눈이 부신 이곳 날씨 때문에 까만 선글라스는 누구나 쓰고 다니는 필수품으로 보인다. 주변에 관광지가 있고 해변이 많은 곳이라 선글라스를 끼고 짧은 팬츠를 입고 다니는 사람들이 대부분 관광객일 것이라고 여겼던 나는 그야말로 문외한이었던 것이다.

이곳의 꽃들은 코스모스와 유사하게 생긴 것을 빼고

는 거의 처음 보는 것들이었다. 길가의 가로수 옆에 예쁘게 가꿔진 것을 보니 분명 자생한 꽃은 아닌데 꽃들이 다양한 색깔로 나름 진한 빛깔을 띠고, 꽃잎이 아주 자잘한 것들도 많아서 마치 백두산의 야생화들을 보는 느낌이 들기도 했다.

햇살과 바람이 만들어 낸 풍경은 더위를 이기게 만드는 것 같다. 건강한 햇살과 건강한 바람을 맞아 나도 조금 더 건강해질 수 있기를 하늘과 바람과 별에게 기도한다.

참, 이곳에서는 달이 뜨지 않는 저녁이면 별자리들을 볼 수 있다. 눈을 들면 별이 보이는 곳이라니. 나는 눈을 들면 별을 볼 수 있는 곳에 살아 보고 싶었다. 앙드레 말로의 말은 진실인 것 같다. 오랫동안 한 꿈을 그린 사람은 마침내 그 꿈을 닮아 간다던.

마이 퍼스트 보틀스

✳   언제부턴가 '마이 보틀'이 유행하기 시작한 것 같다. 꽤 많은 사람들이 음료를 담는 작은 병들을 휴대하고 다니기 시작하더니 유행처럼 기념품으로도 선물로도 음료 병은 잘 팔리는 것 같다. 이것은 사실 아주 한국적인 것은 아니어서 무슨 돌풍처럼 마이 보틀 가지기가 유행한 것이 나는 나름 생소했지만 어쨌든 이제 거의 필수품처럼 된 터라 딱히 눈에 띄지도 않는 것 같다.

몇 개의 병(보통 병이라고 하면 유리병을 연상하게 되므로 이후에는 보틀로 통일하기로 한다)이 책상 위에 쌓였다. 미국(이 말도 가능한 아메리카 정도로 바꾸어 쓰겠다)에 도착한 날 마중 나온 사람이 준비해 준 물과 음료 중에 스타벅스 커피가 하나 있었다. 그것이 첫 번째 보틀이 되었고 나는 그 병 안에 말린 장미꽃 한 송이를 꽂아 두었었다. 평소에

잘 마시지 않던 탄산수가 두 번째 보틀이 되었다. 블랙커피용 작은 커피 가루 통도 하나 생겼다. 그리고 며칠 전에 먹은 아이스크림 통. 아이스크림은 통이 아주 작아서 디저트 보관용으로 좋은 크기였다.

오늘 아침, 책상 여기저기에 4개의 보틀들이 있어서 한자리에 모아 보았다. 나름 각자 다른 의미에서 '첫 번째 보틀'들.

타오르다 저물다

: 불타는 저녁 하늘

✦　　일몰이 점점 짧아지는 것을 경험하고 있다. 저녁 산책길에 저 멀리 저물 무렵 태양이 온몸을 불사르듯 타들어 가는 광경이 보였다. 빛이 너무 강해 눈이 감겼다. 잠깐 동안 아무것도 보이지 않고 검은 흑점 같은 것만 눈에 보였다.

　저녁놀. 가끔 해 지는 모습을 보면 일출과 일몰을 보는 것이 좋기만 했던 어린 시절 생각이 난다. 나는 유난히도 일출과 일몰 장면이 좋았는데 태양이 뜨고 지는 모습을 보고 있노라면 무언가 다시 시작해야겠다는 생각, 잘 정리해야겠다는 생각이 들었던 것 같다. 일명 '계획 소녀'라고 해도 좋을 만큼 나는 계획을 자주 많이 세운 편이었는데 그 많은 계획표들은 제대로 지켜진 적이 거의 없었다. 한 해의 마지막 날이나 새해 첫날이면 으레 경건한 마음으로 또다시 계획을 세우면서 마음을 다잡았던…. 지금 생각하면 그런 쓸데없는 추상적인 계획들을 세우는 동안에 다른 할 일을 할걸 그랬다 싶다.

온통 하늘을 뒤덮는 일몰 장면은 오랜만이다. 가끔 해질 녘 하늘을 커피를 홀짝거리며 본 적은 있었는데 태양 속으로 이렇게 걸어 들어가는 느낌은 정말 오랜만. 바람은 차고 태양은 강하고…. 그래서 피부가 타는 줄도 모르고 산책을 나섰다.

타오른다는 것은 가장 열정적이며 최고의 순간을 가리키는 말인데, 모든 '불꽃'들이 그렇듯이 타오르기 위해 커져 가는 시간에 비해 최고의 순간을 보내는 시간은 찰나와 같다. 꽃이 피어 있는 것은 순간이지만 꽃을 피우기 위해 마른 땅에서 오랜 시간을 인고하는 선인장처럼…. 모든 불꽃같은 삶들은 화려하지만 그 순간은 짧고, 불꽃을 피우기 전의 시간은 길지만 그만큼 성장하는 시간이고…. 불꽃같은 순간이 그럼에도 필요한 것은, 짧은 최고의 순간은 그 빛이 사그라든 뒤에도 흔적을 남기고 이름을 남기기 때문이 아니겠는가. 놀이 지면서 흑점 같은 눈부심을 각인시키고, 인간이 지면서 그 이름과 작품을 남기듯이.

왓슨빌

무료하여 꽃들과 노네

✳   무료하다는 것은 심심하다는 말과 사실 거의 비슷한데…. 그래, 심심해서 밖으로 나갔으나, 10여 분 만에 돌아올 수밖에 없었다(이곳에서 받는 스트레스의 일종). 사실 무슨 일이든 하면 되고 또 해야 할 일이 없는 것은 아니므로 심심하거나 무료할 틈은 없는데, 어째서 나라는 인간은, 할 일이 쌓여 있는 이 순간에 그렇게도 신선한 공기가 필요하고 쉬는 시간이 필요한가.

아마 게을러서 그럴 것이다. 그리고 요즘 내가 하려고 생각하는 몇 가지 일들은 마감일이 있는 것도 아니고 엄청난 대가가 있는 일들이 아니라서, 조바심이 없어서 그럴 수도. 간사한 인간. 인간의 몸은 이렇게 '정신력'으로 움직이는 것 같다.

10여 분의 산책을 왜 허락을 받고 나가야 하는가…. 도무지 이해할 수 없는 이 상황에서 얼마나 욕을 먹든 기분이 나쁘든 신경 쓰지 않고 일단 나는 나서기로 했다.

집을 나서서 아래쪽 골목으로 한 바퀴 돈다. 차고를 정리하고 세차하는 아저씨도 있고, 막 외출하러 자동차 문을 여는 아주머니도 있다. 보드를 타는 학생 하나가 지나가고, 초등학교 운동장에서는 배구를 하는 소리도 들린다.

어느 집 담장을 지나는데 꽃들이 눈에 띈다. 매화나 벚꽃을 닮았는데 잎이 더 크다. 색깔은 연분홍으로 너무 부드럽고 예뻐 보인다. 만지고 싶었으나 이파리들을 보니 먼지가 가득, 손이 진득거릴 것 같아 참는다.

다음 집 담장에 핀 꽃들, 그다음 집 마당에 있는 꽃들, 길가의 보도블록 사이에 핀 잡초들, 잔디밭 가운데 옹기종기 피어 있는 토끼풀들…. 휘 한 바퀴 돌아 다시 제자리에 왔으나 저 앞쪽 계단을 몇 개 내려가면 산책로가 있다는 것을 알기에 살짝 마실을 나가 보기로 한다. 계단을 내려와 흙길 가득한 산책로를 일단 고개를 밀어 내다보는데 오른쪽 돌담 벼락에 무궁화를 닮은 꽃이 있다. 내가 알던 무궁화보다 잎이 더 크고 보드라워 보인다. 돌담에 예쁘게 핀 꽃들이 있어 황량한 흙길이 그나마 생기가 있어 보인다.

산책로는 그냥 마을에 흐르는 실개천가를 빙 둘러 주택가와 경계를 지어 주는 곳으로, 일부러 만든 길은 아니다. 두 집 사이에 약간 거리가 있어 샛길을 만들어 두었는데 한낮에도 으스스한 것이 실제로 산책을 하는 사람은 없는 것 같다. 아니면 산책할 만큼 여유 있는 주민들이 없든지. 아니면 그냥 사람이 없는 시간이든지(해 질 녘인데…).

그냥 돌아오기로 하고 다시 두 집 사이 작은 샛길을 지나 마을길로 나오는데 아까 내가 계단 옆에서 꽃을 발견하고 사진을 찍을 때 나를 물끄러미 보셨던 어느 아주머니가 아직도 서 계신다. 나를 경계한 것인지 궁금해서 그냥 지켜본 것인지는 알 수가 없고. 내가 다시 길을 찾아 나오자 집 안으로 들어가려는 포즈를 취하시는 아주머니를 못 본 체하고 오던 길을 되돌아간다.

집 앞에 오니 작은 꽃들이 반긴다. 잡초 사이에 낀 계란꽃 같은 잡초와 버려진 화분에 심은 듯한 기색이 역력한 선인장이 보이는가 하면, 귀한 집 난초였던 것 같은데 초라한 화분에 담겨 잎은 말라 꽃만 겨우 내밀고 있는 아이도 있고…. 관리가 잘된 것은 아니지만 잘 몰랐던 꽃들이 한데 모여 있다. 파랑새를 찾아 먼 길을 갔으나 돌아와 보니 내 집에 있더라는 것은 어쩌면 진리일지도 모르겠다. 남의 집 꽃들이 예뻐 보여 한 바퀴 휘 구경 다녀오니, 내 집 앞에도 꽃들이 있더라.

왓슨빌

색칠 공부, 아니 색칠 놀이

✦ 색칠 놀이를 시작했다. 어제 하루 A4 종이 사분
의 일만 한 그림을 색칠하고 놀았는데 세 장밖에 못했다.
보기에는 쉬워 보였는데 색감과 보색을 표현하는 게 쉽
지 않네…. 초등생 저학년이 그린 그림보다 못하다.

무슨 일이든 나이가 들면 자연스레 잘하게 되는 일이
있는 것 같은데, 또 어떤 일은 배우지 않으면 아예 못하
는 일도 있는 것 같다. 그런 일들도 시기가 언제이든 배
우기 시작하기만 하면 된다. 피아노의 경우 어릴 때 친구
들이 피아노를 곧잘 치던 모습이 부러웠는데 그 친구들
은 커 가면서 점점 피아노를 손에서 놓게 되었다. 나는
스물여섯 살에 피아노를 배웠는데 지금 생각해 보면 그
때도 늦은 것은 아니었다. 다만 꾸준히 하지 않았기 때문
에 아직도 초보 수준을 벗어나지 못했다.

그림도 마찬가지인 것 같다. 잠깐 소품점에 간다는 사람들을 따라 나서 들른 곳에 컬러링 북이 있었다. 여러 패턴들이 있었는데 그중 하나 골라온 것이 이제 보니, 약간 추상주의 패턴. 어릴 적 해 본 인형 색칠을 생각하면서 했더니 요상 애매한 그림 칠이 되어 있었다. 할 수 없이 컬러링 북 표지에 있던 색감과 톤, 그리고 색칠을 얼마만큼 진하게 하면 되는지를 어림잡아 해 본다.

그래도 초등생 색칠 놀이다. 색칠 공부가 아니라 놀이가 될 수밖에 없다. 체험보다 관찰이 낫겠다.

오후 산책길에 공원에서 발견한 작은 그림이 기억났다. 동양적이면서도 강력한 느낌과 색감이 좋았다.

왓슨빌

스스로 만든 감옥

✳   살면서 감옥을 경험한 적이 몇 번 있었던 것 같다. 한 번은 시간이, 그것도 오랜 시간이 그 일을 차차 잊도록 해 준 것 같고, 또 한 번의 감옥은 혼자서 감당해 내기 어려워 주변의 한두 사람에게 하소연을 했던 것 같다. 그러고도 이겨내지 못해 결국 물리적인 거리 두기와 버티기로 겨우 이겨냈다.

그리고 또 하나의 감옥은 자기 스스로 만든 고독의 감옥일 것이다. 지금도 또렷이 기억하지만 2015년 가을 몇 달간 나는 거의 아무도 만나지 않고, 거의 매일 세수도 하지 않고, 밖에도 나가지 않고 하루 16시간 이상을 책상에 앉아 보낸 일이 있다. 그러고 한 달여 만에 눈을 들어 보니, 가을이 이미 지나간 뒤였다. 떨어지는 낙엽 한 장 보지 못하고 그해 가을을 보냈다는 아쉬움이 무척 컸는데, 외로웠던 것은 둘째 치고 몸이 무척 상했던 것 같다.

몸무게가 거의 43~44킬로그램에 가까웠는데 다이어트를 아무리 하려고 해도 단기간에 그렇게 하기는 힘들 것이다. 누군가는 억지로 굶기도 하고 약도 먹고 한다지만, 사실 몸을 혹사시키고 나면 몸에서 영혼이 빠져나간 듯, 힘이 없고 머릿속은 마른 빵 같은 느낌이다.

그렇게 보냈던 가을 이후 이제는 또 컨디션 조절을 하지 못하고 몸이 크게 불어 버린 일이 있었다. 학교를 졸업하고 비정규직이었지만 그나마 시간도 자유로운 일을 하다 보니, 강의가 없는 요일은 조금씩 쉬면서 책도 보고 여유를 즐기기도 했던 터였다. 논문을 쓰거나 할 때는 약간의 시간 압박 스트레스 때문에 마음이 바쁘기도 했지만, 그나마도 없는 때에는 '학교 → 집 → 학교 → 집'을 오가는 생활만 수년째 계속해 왔다. 이동이 많은 날이 일주일에 2~3일이 있던 해에는 하루 중 5시간 이상을 기차를 타거나 운전을 해야 했던 날들도 있었지만. 그때는 어쩔 수 없이 차 안에서 간단히 끼니를 때우거나 수업 후 간단하게 먹고 말았다(보통은 수업 후에 먹는 편이 나았다. 왜냐하면 배가 살짝 고파 미리 간식을 먹고 나면 소화도 되지 않은 상태에서 수업을 해야 해서 오히려 힘이 들었기 때문이다).

그러니 그리다가 일이 없는 주말이나 방학에는 스스로 만들어 하는 일이 없으면 하루를 통으로 쉬어 버리기 일 쑤였다. 일주일 동안 쌓인 통근 스트레스를 몸이 못 이겨서 반나절 이상 멍하니 있기도 했고, 사람을 만나서 스트레스를 풀거나 사람이 많은 곳에서 놀면서 스트레스를 푸는 취미가 없다 보니, 혼자 영화나 보는 편이 나아서 또 그렇게 보내기도 하고…. 언제부터인가 북적거리는 곳보다는 조용한 장소가 좋다. 방학에는, 물론 대부분 방학 중에 진행되는 특강 등으로 일이 있기는 했지만, 대부분 연구에 몰두하는 시간이 많았다. 좋은 점은 스스로 책을 보고 비평할 줄 아는 눈을 조금은 가지게 된 것인데, 선생님들이 대단하다고 느낀 것은 아무도 확인하지 않는데도 늘 책을 읽고 논문을 쓰며 시간을 허투루 쓰지 않으시는 모습들이었다. 특히 인문학 분야 연구자들은 스스로가 삶의 철학들을 만들어 내고 일구는 분들이어서 더욱 대단할 뿐이었다.

서양의 그 많은 철학 사상들은 철학자들의 명상의 결과였다. 그들이 자신의 시간을 얼마나 스스로 잘 사용하고 활용했는지 알 수 있는 대목이다. 몇 주간 아무도 나에게 수업을 하라거나 성과를 내라고 독촉하지 않는 시간을 보내고 있는데, 사람이 룰루랄라 아무 일도 하지 않고 놀면서 정상적인 사고를 할 수 있는 기간은 정해져 있는 것만 같다. 나는 이미 두어 번쯤 흐트러져 본 적이 있지 않은가.

휴일과 방학은 반드시 시간표를 만들어 실천하시던 어떤 선생님이 생각난다. 학교 밖에 바다가 보이는 작은 시골집을 하나 사서 개인 서재로 개조해 거기서 음악도 들으시고 책도 읽으시는 분인데, 강의가 없는 요일에는 반드시 아침 몇 시간을 거기서 보내시곤 했다. 지금 생각하니 대단한 의지다. 로봇이 이미 인간의 감정까지도 표현해 낼 수 있고 스스로 감정을 느낄 수 있을 정도로 진화된 지금, 인간의 존재 의미는 어디서 오는 걸까. 어떤 동료의 말이 생각난다. 그것은 바로 '몸' 그 자체라고. 인간이 자기 스스로 몸을 움직일 수 있는 것, 그것이야말로 인간의 자유 의지가 얼마나 중요한 것인가를 알려 주는 말이었다는 생각이 오늘 문득 들었다.

지난 한 달간, 살만 쪘다. 하루 중 반은 잠을 자니 원⋯.

왓슨빌

"오늘 그대가 헛되이 보낸 시간은 어제 죽은
이가 그토록 바라던 내일이었다."

스스로 만든 감옥

도전한다는 것의 귀찮음

✛   10월 연휴에 미국행을 준비한다는 한 친구와 잠시 이야기를 나눴다. 자신이 만나고 싶은 미국 학자와 단 5분이라도 만나기 위해 연구실 앞에서 5시간을 기다리고 (그 전 방문에서 그랬다던가, 이번에 그럴지도 모른다던가) 그보다 먼저 11시간을 비행기로 날아갈 예정이라는 말에 놀라고 말았다. 다른 사람들에 비하면 나도 어느 정도는 기회비용의 문제보다 그 일이 나에게 줄 가치에 집중하는 편이지만 이 친구는 나를 능가하는 슈퍼 갑 도전꾼이다.

작년엔가 교수의 연구실 앞에서 기다린 적이 있다는 말에 놀라는 나에게 그는 "(어쨌거나) 계속 도전해 봐야죠"라고 담담하게 응수한다. 모르긴 해도 아마 그는 앞으로 20년 후까지의 계획을 이미 다 세워 놓았을 것이다. 그리고 그 계획들을 실천하기 위해 한 걸음 한 걸음 앞으로 나아가고 있는 중일 것이다. 그 친구는 지금 직장과 병행하여 스타트업 창업 소모임에도 참여하고 논문도 쓰고 몇몇 모임의 임원 등을 맡아 워크숍 등도 준비한다. 그러고도 짬을 내어 자신이 가고 싶어 히는 실험실에 박사 후 연구원으로 갈 수 있는 기회를 잡기 위해 저명 교수를 찾아 비행기를 타는 것이다. 열정 하나로 똘똘 뭉친 친구이다.

속으로 대단하다고 생각하면서 나는 오늘 그에게 "인디언들이 기도를 하기 시작하면 꼭 비가 온다더라"라는 말을 남겼다. 그 끝을 알 수는 없지만 될 때까지 해 보는 일, 도전해 보는 일은 그래서 무서운 일인 것 같다. 그 친구의 열정을 보면서 너무 대단해서 올려다보지 못하는 나무를 본 것처럼, 하고 싶은 일이 있어도 아예 도전하기조차 싫다는 마음도 들었다. 도전한다는 것은 사실 좀 귀찮은 일이지 않던가.

도전하는 일이 가장 귀찮았던 적은 2012년 어떤 펠로우십 프로그램에 지원하기 위해 지원서를 준비했던 때였다. 물론 그 전에도 고등학생이었을 때, 무언가 정보가 있고 방법을 알았다면 해 보았을 법한 일들은 많겠지만, 스스로 도전해 본 일 중에서 2012년의 이 일은 어쩌면 내 수준에서는 가장 힘든 도전이었을 것이다. 몇 달간의 준비 끝에 다행히 좋은 결과를 얻었지만, 그 과정에서 얻은 것도, 잃은 것도 많았었다. 그 도전을 전후로 하여 여러 가지 변화들이 있었다. 직장에서 퇴사했고 대학원에 입학했으며 몇몇 친구를 잃고 또 몇몇의 동지들을 얻었다. 어쩌면 그때의 도전이 기회가 되어 내가 지금 이 순간, 이곳에 있는지도 모른다는 생각은 든다.

그때 느꼈던 귀찮음, 밤새 서류를 작성해야 하는 번거로움과 짜증 그리고 결과를 알 수 없는 상태에서 '내가 할 수 있을까' 하고 의심하면서 해 나간 일들…. 어쩌면 아예 무모하게 '난 할 수 있어'라고 생각하며 했어도 결과는 같았을 것 같지만, 그때 몇 달간의 기억은 내게, 열매를 얻기 위해 투자하는 시간의 소중함과 학자나 연구자가 된다는 것이 결코 책상에 앉아 있는 그 단순한 작업만을 가리키는 것은 아니라는 것을 알게 해 주었다.

'귀차니즘'의 경고가 무엇인지, 왜 위험한지를 나는 지난 몇 년 사이 깨닫고 있다. 우선 게으름의 결과는 몸무게의 증가로 이어진다. 지금 나의 몸무게는 몇 년 전에 비해 10킬로그램이나 증가하지 않았던가. 도전이라는 것은 귀찮다고 느끼는 정신적 게으름에서 벗어나는 첫 번째 단계인 것이 틀림없다. 그래서 나는 열정적인 이 친구를 좋아하고 친구의 도전을 응원한다.

그나저나 조만간 로스앤젤레스행을 감행해야 하는가, 아닌가. 몸이 무겁다.

왓슨빌

시를 번역한다는 것, 그 오만함에 대하여

✦   시를 번역한다는 것은 아주 의미 있는 작업이다. 한국의 유명한 시인들의 시는 이미 여러 번역가들에 의해서 번역되어 있고, 보통 시를 전공한 연구자들의 경우 자신이 전공한 시대의 시와 시인들에 대한 번역시집 한 권 정도는 있는 것 같기도 하다.

시를 번역한다는 것의 오만함이라는 논제는 지금 나에게만 해당되는 일이다. 실력이 있는 다른 시인들이나, 번역가들에게는 다른 문제일 수 있을 것이다. 몇 년 전 내게 항상 고마운 외국인 은사의 시집을 번역하기로 얘기가 되었다. 그때 나는 막 학위 과정을 모두 마치고 '자유인'이 된 지 한 학기쯤 지났을 때였는데, 학위 과정 내내 여러 가지 면에서 격려해 주시고 응원해 주신 선생님이 낸 시집을 한국어로 번역하는 일을 하기로 했다. 마침 그때는 그분이 한국 드라마와 문화에 대해서 관심을 갖고 즐겨 보시던 시기와도 맞물려서, 누가 읽느냐를 떠나(시집은 비주류 시장이기 때문에) 한국어로 시집이 나올 것이라는 사실에 기분 좋아하셨던 것 같다.

저작권은 문제가 없는 것으로 확인되었고, 2019년 1월 초 거의 벼락치기 수준으로 초벌 작업을 완료했다. 하지만 나는 아직도 그 시집의 퇴고 작업을 시작하지 못하고 있다. 이유는 물론 나의 게으름 때문이지만 초벌 작업을 해 놓고 다시 살펴보는 과정에서 일종의 슬럼프(Writer's Block)에 빠지고 말았기 때문이기도 하다.

사실, 시를 읽는다는 것, 그리고 즐긴다는 것은 시어를 말로 표현하고 글자 그대로를 옮기는 일이 아니다. 논문 작업을 위해 어떤 시인의 작품들을 사전 조사하는 과정만 해도 수개월이 걸리고, 시인의 삶과 사상까지 다 이해한 후에야 최소한 시를 어느 정도는 이해하게 되었다고 할 수 있으며, 또 같은 시라고 하더라도 독자에 따라, 같은 독자라 하더라도 읽을 때마다 느낌이 달라지지 않던가. 아뿔싸. 나는 도대체 글에서 글로 옮기거나 형언해 낼 수 없는 이 작업을 왜 하겠다고 생각했던 것일까.

가장 걱정되는 것은 '오류'였다. 눈에 띄는 오타가 아니라 시인의 의도를 살못 읽었을 때 야기할 수 있는 오류. 초벌 작업 후에 수정하기 위해 첫 페이지를 폈는데, 처음 한국어로 옮기면서 작업했던 내용과 느낌과는 다르게 해석되는 부분을 발견했다. 다시 볼 때마다 다른 느낌으로 다가와 버리는 시어들…. '어? 이게 단순한 시가 아니었구나. 그럼 여기서 이 지명은 무엇을 의미하는 거지? 문화적으로 이 단어는 또 어떤 뜻이 있을까'. 한 줄 한 줄 곱씹고, 사전이나 인터넷 자료를 검색하다 보니 짧은 시 한 편을 다시 읽는 데 수십 분은 충분히 걸렸다.

내가 헛공부를 했다는 사실 또한 느끼고 말았다. 중간에 선생님께 한 번 연락을 해 두긴 했지만 '작업은 늦어져도 괜찮으며 나는 너를 믿는다. 어떤 질문이라도 좋으니 어려움이 있으면 알려 달라'는 요지의 답장을 받고, 나는 또 부끄러워졌다. 수십 년간 시를 써 오고 교단에서 학생들을 가르쳐 온 이분이 내게 이렇게 겸손하고 '착하게' 답을 하시다니. 그동안 나는 내가 배운 낭만주의 시인들의 시에 대해 아무것도 모르면서 아는 체를 해 댔구나. 그래서 저 훌륭한 연구자들은, 내가 존경하는 교수님들은, 같은 시인에 대해 수십 년 전에도 연구했고 또 지금도 연구를 하시는구나. 그래서 좋은 시는 세월이 지나 읽어도 또 다른 의미로 읽히고 해석되는구나….

어쩌면 박사 학위를 마치고서야 제대로 된 시 공부를 하고 있는 건지도 모르겠다. 사실 나는 대학원에 진학하기 전에는 문학에, 그중에서도 시라는 분야에 대해서는 관심이 없었기 때문에 어쩌면 학위를 위한 공부, 논문을 위한 연구 작업만을 해 온 것인지도 모른다. 물론 요즘 같은 시대에서는 대학원 공부라는 게, 학위 논문이라는 게, '졸업을 위한 논문', '논문을 위한 논문'을 쓰는 것이 세속적으로 현명한 방법이라지만, 나도 진짜 공부는 하지도 못한 채 졸업 가운만 덥석 입었나 보다.

나는 시인들을 싫어한다. 유명한 시인들의 시 몇 구절만 외워도 학점을 받을 수 있고 시험을 잘 치를 수 있는데 시의 의미는 도대체 어디에 있는지를 알 수가 없었다. 이제야 조금 알겠는데, 시는 시인의 생각이 시로 옮겨지는 그 과정을 그 안에 오롯이 담고 있다. 좋은 시는 물론 시인의 의중을 더 잘, 더 많이 담고 있겠지. 번역 작업 중에서도 시 번역은 당연히 어려울 수밖에 없는 것이 시를 쓸 당시의 시인의 마음 상태를 그대로 담아 옮기기가 쉽

왓슨빌

지 않을 것이기 때문이다. 소설은 그나마 배경 설명도 할 수 있고, 마치 그 안에 독자가 있는 양 전지적 작가 시점이라는 것도 있지 않나. 그러나 시에는 분명 시인인 화자가 존재하는데 시인이 바라보고 있는 사물, 철학은 독자 스스로가 찾아내야 한다.

　나 역시 한 사람의 독자로, 지금 보고 있는 모든 시들을 다시 읽어야 한다. 시를 번역한다는 것, 그 오만함에 대하여 단 한 번이라도 생각해 본 적이 있다면, 시를 쓴다는 것이 왜 시인들에게 중요한 작업인지, 그들은 어떤 책무감으로 시를 쓰고 대중에게 공개한 것인지를 다시 한 번 생각했어야 했다. 수년간 대학에서 강의를 하면서 학생들에게 내가 가르치려고 했던 것들이 부끄러워지는 순간이 오고야 말았다. 어쩔 수 없이 다시 그 시인의 시들을 하나하나 다시 읽어야겠다. 그분이 처음 그 시집에 메모해서 주었던 그 글귀가 진리였음을 이제야 안다.

연진에게

이 시집의 시들이 삶의 소소한 순간에 행복한
기억들로 가 닿기를.

2007년. 딕

왓슨빌

인디언 서머

✱   9월이 시작되고도 한참 지났는데 지난주 언젠가는 한여름 뙤약볕 아래에 있는 것보다 더 더운 듯했다. 바람은 불었으나 오히려 습하고 따가웠다. 이곳은 여름이 지나고 9월과 10월, 11월까지도 더운 날이 이어진다고 했다. 일 년 중 대부분이 낮에는 여름, 밤에는 가을 날씨이니 여름이 지나면 선선해질 것을 생각했는데, 오히려 늦가을 몇 주가 더 덥다고 해서 이해가 가지 않았다.

숨이 막힐 정도로 집 안이 더웠는데 왜 이렇게 더운지 10년 넘게 살았다는 분에게 물어보니 보통 이것을 '인디언 서머'라고 하기도 한단다. 아, 언젠가 들어봤던 말인데 그때 그 뜻을 알고는 잊고 있던 말을 체감한 셈이다. 잠시 사전을 찾아보니 정보가 많지는 않았다. 미국의 동부 지역을 중심으로 쓰는 말인지 기준이 모호하고 시기도 정해지지는 않은 것 같다. 날씨가 건조하지만 온화하다는 말은 그 의미가 좋은 뜻으로 쓰인다는 것인데, 집 안에서 겪어 보기로는 섭씨 40도쯤은 되는 아주 뜨거운 한낮이었다.

선풍기나 에어컨도 딱히 없는 곳이라 그 더운 바람을 견뎌내느라 몸이 고생했다. 마음의 준비가 안 되어 있다 보니 머리끝에서부터 땀이 날 정도였다. 몸이 따끔거렸다. 며칠 전에 나간 산호세는 이곳보다는 보통 더 더워서, 내가 아는 그 지인은 이런 날이면 에어컨에 선풍기까지 켜고 사는 듯했다. 그러다가 한밤이 되면 초겨울 느낌으로 찬바람이 불었다. 시원한 느낌이면서도 두꺼운 긴팔을 입어야 한다. 요상한 이런 날씨를 모든 세계인이 동경한다니⋯. 그래서 샌프란시스코를 중심으로 한 베이 에어리어(Bay Area)는 전 세계에서 집값이 가장 비싼 곳에 또 등극했다는데⋯.

햇살이 따갑다는 느낌을 못 받고 태양빛을 쬔 나는 현지인보다 더 탔다. 살이 익어 버렸다는 느낌이 들 정도여서 걱정이다. 눈에 보이는 것보다 햇살이 강하고 건조하다는 것을 몸을 보고 안다. 그리고 이제 경험해 보기 시작한 인디언 서머의 날들. 자세한 정보를 찾아본 것은 아니지만, 이 정도 따사함이면 삼산의 온화하고 따뜻한 날이 아니라, 오히려 온화한 날씨 속에 더위가 심해지는 기간이 아닌가 싶은데…. 그런데 생각해 보면, 뉴욕과 같은 동부나 중부 지역 날씨와는 다르니 그럴 수도 있겠다 싶다. 살갗이 따갑다. 정상의 빛은 영광스럽기보다 오히려 따가운 것인가 보다. 아니면 왕관을 쓰려는 자들이 견뎌야 하는 무게 같은 것인지도.

고속도로 통행료

✴　미국의 고속도로에는 톨게이트가 없었다. 캘리포니아의 고속도로는 중간중간 나들목이 있어서 자신의 목적지에 따라 고속도로를 이용하고 자유롭게 드나들면 된다. 좋은 점은 고속도로 입구라고 해서 길이 밀리거나 하는 법은 없다는 점, 나들목이 생각보다 자주 나오고 타고 내리기가 편리하다는 점이다.

얼마 전 문자 하나를 받고는 이 일을 어떻게 해결할까 하다가 거의 3주째 그냥 두어 버렸다. 경기 남양주 고속도로 영업소에서 온 문자인데, 통행료 미납에 대한 독촉 안내였다. 지금 나는 차가 없고 ─ 이곳에 오기 전까지 타던 차는 남양주에 있지도 않다 ─ 깜짝 놀라서 내용을 살펴본 것은 당연한데, 차량 번호를 보니 잠깐 타던 경차이다, 이런.

차를 인수받은 사람이 차량 등록을 제대로 안 했거나

하이패스를 아식 내 섯으로 이용하고 있나는 뜻인가? 하이패스에 등록된 번호로 연락이 오는 것인지, 차량 번호를 인식하여 연락이 오는 것인지 알 수가 없는 상황. 내 번호가 그대로 입력이 되어 있다는 것은 차량이 아니라 하이패스 기기에서가 아닌가 싶은데…. 나는 그 기기를 어떻게 했던가. 갑자기 생각이 안 난다.

영업소로 막 전화를 하려고 하다가, 내가 지금 전화를 해도 국제전화요금이 더 나간다는 생각에 멈췄다. 미납 독촉이 한 번 더 온다면 비싼 요금을 무릅쓰고 전화를 걸어 보기로 했다. 아무리 나의 부주의로 하이패스 기기에 내 차 번호가 그대로 등록된 채라 하더라도, 남의 것을 그냥 사용한다는 것은 상식적으로 이해가 가지 않는 행동이다.

나쁜 한국인이여, 자수하고 미납 요금을 내 달라.

걷는 동안 보이는 것들

❋　　산티아고 순례길을 걸어보겠다는 시도는 해 본 적도 없고, 전에는 조금씩 했던 걷기조차도 아예 안 한 지 근 10여 년은 된 것만 같다. 내가 사는 마을 근처에 걷기 좋은 부두길이 있어서 가끔 30여 분 걷고는 한다. 채 다섯 번도 안 가 본 것 같은데 그동안 하도 걷기 운동을 안 했다 보니 몇 번쯤의 산책길이 마치 대단한 일을 한 것처럼 뿌듯하다. 엊그제는 아예 스마트 워치를 차고 30여 분 산책에 몇 걸음이 나오나 재어 봤다. 4천여 보쯤 됐다.

태평양 바다가 바로 보이는 곳에 놀이공원과 부두가 이어져 있고, 주말이면 관광객이 많이 찾는 곳이라 해지기 전이면 으레 저녁 식사를 하는 사람들로 부둣가는 아직 성업 중이다. 바람이 조금 차기는 하지만 긴팔 하나 걸치고 나서면 부담이 없고 볼거리 많은 산책길이 된다.

어떤 날은 놀이공원 근처로 한 바퀴, 또 어떤 날은 부두를 향해 직진.

놀이공원은 눈이 즐거워서 시간 가는 줄을 모르긴 하지만 장난감이나 놀이 기구를 구경하다 보면 어느새 걸음이 느려지고 있다. 생각 없이 쭉 걷고 싶은 날은 저녁놀이 지는 쪽을 향하여 부두로 걸어 나가면 된다.

중학생이었을 때 좋아했던 산책길이 생각난다. 나는 학교에서 돌아올 때 일부러 길을 멀리 돌아 집으로 간 적이 많았다. 특히 이맘때면 코스모스가 하늘하늘 피어 구경하면서 걷기에 아주 좋았었다. 최근 그 길은 아파트 단지에 길을 내어 준 도시길이 되어 운치도 사라졌다. 지금도 중학교 때 걷던 그 길의 기억이 온몸에 가득하다. 좋아했던 미술 선생님도 그 길을 따라 퇴근을 하시곤 했는데, 교복을 입고 줄지어 집으로 가던 제자들에게 자전거를 타고 지나가시며 손인사를 해 주시곤 했다. 선생님 댁은 학교에서 직진해서 10여 분 거리에 있었는데 나는 선생님의 아파트 동호수를 지금도 기억하고 있다. 그 시절의 스토커.

걷는 시간이 조금 더 길든지, 운동이 될 만큼이어야 하는데 한 바퀴 휘 돌고 마니 운동이 될 턱이 없다. 그조차도 하지 않으면 하루에 걷는 양이 몇 백 보 되지도 않겠다. 도대체 나는 몇 년간 무엇을 하며 살았나 싶다. 아닌 것 같으면서도 차로 이동하고, 주차장까지 진입하여 집으로 들어가는 일을 반복하다 보니 나도 모르게 걷기와는 멀어져 버린 것 같다. 새벽에 조깅을 하겠다며 나섰던 적도 몇 번 있고, 운동을 하겠다며 맘먹었던 적도 있는데….

여기서 몇 번 걷는 동안, 몇 개의 장면들이 보인다. 나처럼 걷거나 달리는 사람들, 해 질 녘의 풍경, 수많은 관광객들, 매번 사람들로 북적이는 식당 '아이디얼', 라틴 댄스가 한창인 부두 입구의 풍경, 비치볼에 열중하는 청년들, 해변에서 뛰는 아이들… 그리고 나의 신발.

왓슨빌

왓슨빌에노 가을이

✦　　종일 바람 소리가 벽을 친다. 내가 지금 앉아 있는 이 집의 2층 작은 방은 창문이 바로 옆집의 2층의 창문과 거의 50~60센티미터 정도 떨어져 있는데 그 벽을 바람이 계속 들어왔다 나가면서 바닥의 나뭇잎들을 쓸고 지나가는 소리다.

어제까지는 분명 더운 바람이었는데 오늘은 반팔을 입고 있으니 쌀쌀하다. '어제저녁 안개가 짙게 끼어 있더니 날이 좀 찬가 보다…' 하고 논리적으로 맞지도 않는 생각을 혼자서 하고 있는데, 아니란다.

지금 이곳은 가을이란다. 그래서 가을 찬바람이 이렇게 부는 것이고, 낙엽이 뒹구는 것이란다. 햇살은 따사한데 바람은 딱 가을바람이다. 온도를 재어 보지는 않았지만 분명 가을 날씨가 맞다. 아침에는 우편함을 열어 보러 나갔다 왔다. 너무 시골이기도 하지만 가끔은 위험한 이웃들이 많은 동네라며 혼자 나서는 바깥출입은 거의 금지당한 상태다. 그렇다고 해도 한낮에도 밖에 나가지 못한다는 것은 상식적으로 이해할 수 없는 일. 젊어서 무식한 것이 아니라 방에 갇혀 지내기에는 하늘이 너무 맑고 땅이 넓지 않은가.

우편함에 내 것은 없었다. 심중에는 분명 이번 주에는 와야 할 우편물이 있는데…. 빈손으로 집으로 돌아온다. 바람이 좋다. 가을이 시작된 지 얼마 되지 않았는데 바람에 날리는 낙엽을 보니, 플라타너스 잎들이다. 바스러질 정도로 아주 말랐다. 한국이라면 11월이나 되어야 보일 듯한 저 비주얼은 도대체 뭔가. 말라비틀어진 것은 햇살 탓일 것이다. 나뭇잎들에게 햇살은 양분이기도 하고 죽음을 초래하는 악의 축이기도 할 것이다.

그런데 그렇다고 하기에는 주변 집들의 앞마당에 있는 잔디와 그 잔디 사이사이의 잡초들은 무성하고 꽃들은 생생하다. 큰 나무로 사는 것도 좋지만 이럴 때에는 작은 잡초도 좋은 것 같다. 잡초는 그야말로 질긴 생명력을 그 이름에 담고 있지 않은가. 너무 강한 햇살에 타서 말라버린 플라타너스보다 관심은 덜 받지만 이 건조한 가을에도 건강하고 생생한 잡초가 훨씬 멋져 보인다.

천 원의 행복

✦　　이곳 캘리포니아에는 정말 스페인어를 쓰는 사람들이 많다. 익히 들어 오긴 했지만 실상을 보니 놀라지 않을 수 없었다. 이들이 모두 미국인들인지는 모르겠지만, 어떤 마트에서는 영어가 아니라 스페인어로 주문하고 대화를 해야 소통이 될 정도이다.

어제 오후에는 잠시 나갈 일이 있었다. 집에서 5분도 채 안 되는 거리에 다운타운이 있고 은행이며 학교들이 모여 있는 중심지가 있었는데, 굳이 비교를 하자면 한국의 작은 읍내권도 안 된다. 사거리 한두 개 안에 시장과 모든 관공서가 모여 있으니 이들의 활동 반경이 얼마나 작은지 알 만하다. 어릴 적 내가 살던 군 지역의 마을보다 작은 것 같다.

우리끼리는 일명 멕시칸 가게(여러 가게들이 있는데 여기서 자주 가는 마트를 그냥 그 가게로 지칭해서 부르고 있다)에

갔다가 늦은 점심 겸 산식을 하게 되었다. 식이 메뉴기 있었는데 이름도 모르거니와 한국의 노점상과 비슷하게 음식을 죽 늘어놓고 손님이 이것저것 고르면 일회용 도시락 통에 담아 주는 방식이었다. 대부분 튀긴 음식들과 소스가 많았는데, 마음 같아서는 '생선가스'를 먹어보고 싶었지만 포기했다. 혼자서 먹기에는 크기도 너무 크고…. 나는 1달러쯤 하는 타코를 선택했다.

타코는 멕시칸들이 좋아하는 기본 중의 기본 메뉴란다. 그래서 길을 가다 보면 맥도날드 같은 가게 옆에 '타코 벨'이라는 작은 가게도 있다. 재미있는 것은 이 가게 안에서 피자헛 피자를 함께 판다는 것. 한국에서야 피자헛은 독립 매장으로 운영되지만 여기서는 매장 안의 매장 형식으로 피자를 파는 경우가 있다고 한다. 어떻게 보면 피자헛이 비주류인 것 같지만 한편으로는 좋은 비즈니스 유형이라는 생각도 든다.

메뉴 중에서 가장 싼 타코를 선택한 것은 잘한 일이었다. 크기는 작았지만 딱 먹기 좋은 만큼이었고 토마토와 아보카도가 섞인 소스가 맛있었다. 싼 것이 비지떡이긴 하지만 기본 메뉴는 언제나 실패하지 않는 법. 다른 메뉴를 추천받긴 했지만, 어떤 맛일지 알 수가 없어서 도전은 포기. 그나마 이 가게에서 사 먹은 타코가 맛있었던 것은 주문하자마자 바로 만들어 주었기 때문이 아닌가 싶다. 냉동식품이 아주 많은 이곳에서 어느 마트에서나 냉동 메뉴를 찾을 수 있긴 하지만, 처음 치고는 잘한 선택이었던 것 같다.

덤으로 주문한 과일 음료. 여름 날씨가 더 많은 지역이니 이해는 하지만 모든 음료들이 다 차다. 따뜻한 음료를 마시기 위해서 커피를 찾아야 할 정도. 탄산음료는 정말 많고 대부분 주문해서 사 먹는 음료도 아이스로 되지 않는 것이 없다. 식당에서도 물론 따뜻한 음료라고는 커피 말고는 일본 식당에서 주는 녹차가 고작이다. 몇 가지 과일을 갈아 거기에 얼음만 넣어 파는데 보기보다 저렴했다. 신선한 과일 주스 느낌은 아니었지만 싼 맛에 큰 것으로 주문해 본다. 두 가지를 합쳐서 약 5~6달러 선.

지금 환율이 높아져서 1달러가 1,200원은 가겠지만 어쨌든 천 원 전후로 좋은 간식을 먹어 볼 수 있었던 것이 좋았다. 파인애플 주스 통은 일회용 통이긴 한데 기념으로 가져왔다. 누가 보면 웃을 일이다. 가져와 소품 통으

왓슨빌

도 활용하기 위해 씻어서 잊어 두었다.

천 원의 행복. 이런 소소한 행복이 오래가거나 자주 있으면 좋으련만. 어쩌면 언젠가는 먹을 것 걱정을 해야 할 수도 있고 입을 것 걱정을 해야 할 수도 있지 않을까. 미국에서 생활해 본다는 것은, 소위 '엄친아'들 이야기처럼 그렇게 낭만적이고 멋지기만 한 것은 아니다. 한국에서는 경험하지 않아도 될 만큼 동남아시아 국가에 며칠 다녀가며 재미로 경험해 보는 일상의 삶이 정말 생활이 된 것 같은 그런 이상한 느낌. 비교하고 싶지는 않지만, 많은 일반인들에게는 아주 힘들고 팍팍한 삶일 것이다.

호박이 가득한 날들

✳   9월 이후 어디서나 호박이 자주 보여 재미있다. 마트 앞에는 으레 커다란 박스에 호박들이 가득가득 담겨 있는데 가게 내부에 정리해 두기에는 부피도 크고 양이 너무 많아서 입구에 놓는 것 같다. 당연히 핼러윈이 가까워지면서 준비 차원에서 호박 판매자들이 홍보에 매진하는 것이겠지만.

한국에서 작은 애호박을 한동안 좋아했다. 결이 난 대로 잘라서 몇 분만 전자레인지에 데워도 되고, 그대로 삶아도 되고…. 요리법은 아주 간단한데 달기도 하고 먹기도 편해서 한 며칠을 간식으로 호박만 먹은 적도 있다. 캘리포니아의 작은 시골 마을에서 보니, 작은 애호박은 거의 없고 커다란 왕호박들이 대부분이다. 그것이 아니라면 반찬용 호박들뿐. 내가 생각하고 찾았던 호박은 한국 가게에나 가야 있으려나 보다. 그건 그렇고 어딜 가나

왓슨빌

가게 앞은 이 호박들 차지라서 보지 않고 지나칠 수는 없다. 어떤 가게는 호박 옆에 익살스러운 코스튬을 장식해 두어 눈길을 끈다. 재미로 조카에게 보여 주기도 했다.

오늘 발견한 호박은 정말 신기하다. 이건 뭐 호박에 부스럼이 난 것도 아니고, 팥빵에 고슬고슬한 고물이 묻은 것처럼 돌기가 가득하다. 아무리 아는 척을 하려고 해도 이런 호박은 처음이라 그냥 지나칠 수가 없어서 충분히 흥분해 주었다. "이런 호박도 있었구나. 정말 신기하다"를 연발하며 사진으로 찍어 온다.

핼러윈은 아직도 꽤 남았는데 여름이 지나자마자 모든 가게들이 앞다투듯 핼러윈 복장이며 소품들을 판매하느라 바쁘다. 하다못해 일 달러짜리 물건들을 주로 파는 가게도 호박판이다. 일 년 내내 여름 같은 날이 더 많은 지방에서 그나마 즐길 거리를 찾으려는 것이니 귀엽기도 하고 좋게 보아 넘기긴 하지만 너무 호박만 가득한 것은 아닌가 싶은 생각마저 들었다.

이곳은 너무 재미없다. 하긴 재미가 있을 턱이 없고, 재미를 찾아 이곳에 와 앉아 있는 것은 아니지만, 아메리카의 모든 것이 다 좋고 한국의 것보다 무조건 낫고 발전적이라는 느낌은 그 어느 곳에서도 받은 적이 없다. 도대체 누가 이 나라를 아름다운 나라라고 옮겨 지칭했는가. 중국의 어원을 그대로 썼다고 해도, 시간이 지나면 새 것으로 바꾸고 앞으로 나아가려는 노력이라도 해야 할 학자들이, 나라의 존망이 걸린 일에는 나 몰라라 하고 집안싸움에는 삭발을 감행하니, 어디 미래가 있겠나.

여기저기에 호박이 가득하니, 요 며칠 속 터지는 한국 뉴스를 보던 답답함에 나도 모르게 저 호박들 속에 조용히 묻히고만 싶다.

왓슨빌

오랫동안 있어 온 내력이나 규칙, 시스템, 구조는 한번에 바꾸기 힘들기는 하지만, 미래를 위해서는 아주 조금씩은 변해야 한다. 여기 이 마을이 아니더라도 '미국' 속에 사는 한국인들도, 그리고 한국에 있는 한국적이지 않은 리더들도…. 하긴, 내가 굳이 나서서 목소리를 내지 않아도 될 것인데, 그냥 군중 속에 묻혀 일이 진행되는 것이나 지켜보고 내 실속만 차리면 될 일인데, 아무것도 할 수 없는 일반인 1인은 속이 터진다.

여기저기 그림 삼매경

방 안에서 그림 삼매경

지난주에 우연히 갖게 된 컬러링 북 몇 장이 오늘은 아이들 차지가 됐다. 오랜만에 할머니집에 놀러 온 두 아이 현호, 영호는 2층 방에서 발견한 컬러링 북을 보고 초집중 모드가 됐다. 색연필이 너무 얇은 것이라 불편할 것 같은데 의외로 섬세하다.

색칠에 한창인 아이들. 둘이 앉기에는 침대 끝도 불편하고, 그림 종이가 작아 색칠이 어려워 보이는데도 나름 집중하고 있다.

마당에서 그림 삼매경

정리를 하다가 우연히 발견한 초크 몇 개를 아이들에게 주었는데 회색빛으로 우중충했던 뒷마당이 밝아졌다. 시멘트 바닥이었는데 어느 새 알록달록 자동차도 그려져 있고, 호박도 그려져 있다. 어른들은 돼지감자 나무 뿌리를 뽑는다며 뒷마당에서 분주하고 그 틈에 아이들은 내가 건네 준 굵은 분필로 그림 그리기에 바빠진다.

길을 그리다가, 만화 캐릭터를 그리다가, 공룡을 그리다가…. 외계인 같은 그림들이 마당을 채우고 있다.

중간에 잠시 지나가던 삼촌이 호박 하나와 자동차 하나를 얼른 그리자, 아이들도 덩달아 호박 하나씩, 자동차 한 대씩을 그린다. 삼촌 것보다 커야 한다며 리무진처럼 긴 자동차를 그리는 영호. 아이들에게는 그림 그리는 일이 놀이이고 공부이다. 그래서 색칠 공부, 그림 공부라고들 했나 보다. 각자 호박 하나씩, 자동차 하나씩을 그리니 어느새 마당이 호박과 자동차 그림으로 가득 찼다.

아이들이 가고 뒷마당을 보니, 전에 없던 활기가 느껴진다. 낙엽이라도 날리면 아주 을씨년스러운 가을 느낌을 주는 시멘트 바닥이었는데, 커다란 스케치북 삼아 아이들이 남겨 두고 간 그림들 덕분에 블라인드를 열면 파스텔 톤 색감이 가득한 동화나라가 된 것 같다(사실 이건 살짝 오버).

아이들은 초크 네 개를 한 번에 다 쓰고 돌아갔고 이제 한참 동안은 저 그림을 지우지도 못한 채 시간이 갈 것이다. 어느 집이나 으레 그렇듯 조카들이 남기고 간 그림들이 바닥과 벽에 가득가득한 집들은 활기가 있다. 아이들

왓슨빌

이 크는 소리가 들리는 곳은 어디든 우울할 틈이 없는 것 같다.

음악이 들리는 순간들

멕시코 사람들의 댄싱 타임

저녁에 종종 짧은 산책을 할 때 멕시코 사람들이 흥겹게 춤을 추는 장면이 보이곤 한다. 주로 주말 오후 해지기 전 시간인데 내가 종종 지나가는 큰 식당 '아이디얼' 앞에 흥겨운 음악이 흐르면 지나가던 사람들이 발길을 멈추고는 그 자리에서 몸을 흔든다. 신기하게도 모두가 댄서들이다. 대부분 살사나 탱고 같은 리듬들이고, 영화에서 본 것 같은 장면들이 연출되곤 하는데, 나도 재미있어서 잠깐 멈춰 서서 구경하다가 지나간 적이 몇 번 있다.

연출된 장면이 아니라 누구든 지나가면서 자연스럽게 사람들 사이에 묻혀 춤을 추다가 갈 길을 가는 모습이 신기하기도 하고, 자유로워 보여서 좋다. 주민에게 들은 바

도는, 바로 그 가게 잎에서 노짐을 펴고 소품을 파는 아주
머니는 작년 어느 날 그 길 주변에서 교통사고로 아들을
잃었는데 그런 일을 겪고 나서도 그 가게 앞에서 여전히
장사를 하고 있고, 종종 남편과 함께 주말 저녁에 그 댄싱
타임에 참여하기도 한단다. 슬픔은 슬픔대로, 기쁨은 기
쁨대로 표현하면서 사는 모습이 정말 '어른'스럽다.

#2

노을 무렵의 버스킹

바닷가 쪽으로 이어진 길을 따라 나가면 부둣가가 있
다. 시간이 허락하면 부둣가 끝까지 걸어갔다가 돌아오
기도 한다. 요즘은 해가 짧아져서 부둣가 끝까지 도착하
기도 전에 날이 추워져 버리는데 며칠 전까지만 해도 천
천히 하늘과 바다를 보면서 걸어다니기에 딱 좋은 날씨
였다.

부둣가 쪽으로 가는 길에 식당들이 즐비하다. 주중, 주
말 할 것 없이 관광객들로 붐비는 곳이다. 그 길을 따라

중간쯤 가다 보면 일주일에 반 이상은 나와서 기타를 치며 노래하는 청년을 볼 수 있다. 버스킹이 아주 자연스러운 곳이라 스피커나 앰프를 설치하고 노래하는 사람들도 있던데 그 청년은 마이크도 쓰지 않고 앰프도 없다. 기타 하나만을 들고 노래하는데, 기타 연주 실력도 좋지만 목소리가 아주 좋다. 마이크를 타지 않은 목소리가 바다와 하늘과 참 잘 어울린다는 생각을 했는데, 아마 그것은 그 청년이 굳이 사람들을 방해하면서까지 노래하고 싶지는 않아서 일부러 크게 부르지도, 마이크를 쓰지도 않아서 그런 것은 아닐까 하고 생각한 적이 있다.

어느 날인가 무심한 척 청년을 지나쳐 가는데, 노래 소리에 발길을 멈추고 말았다. 아주 조용히, 바로 뒤의 식당에서 나오는 최신 유행곡에 방해되지 않으려는 듯 조용히 들리는 「Imagine」. 처음에는 스피커에서 나오는 소리인 줄 알았는데 자세히 보니 그 청년이 기타를 치며 부르는 노래였다. 작년 초, 친구 둘과 갔던 체코 프라하의 평화의 벽이 생각났다. 멀리 해가 질 무렵, 바닷가를 배경으로 잔잔히 울려퍼지는 존 레논의 노래는 지나는 사람들의 감성을 울렸을 것인데… 사실 나 외에는 아무도

가던 길을 멈추지 않았다.

멀찌감치 서서 몇 분 안 되는 노래를 끝까지 들으면서 생각했다. 나는 지금 무엇에 매료되어 여기 서 있는가. 수백 번은 더 들었을 저 노래, 모든 사람이 알 법한 저 노래를 저 청년이 부른다고 해서 무어 신기할 게 있나. 아주 젊은 저 청년은 그냥 기타 연습으로 손에 익은 연주를 하는 것뿐일지도 모르는데…. 노래를 들었던 순간들이 파노라마처럼 지나갔다.

아, 혹시 이것은 노스탤지어인가.

#3

노스탤지어

산책을 할 때마다 한두 장의 일몰 사진을 찍곤 한다. 그리고 파도가 밀려오는 모습을 아주 짧게 담아 엄마에게 동영상을 보내기도 한다. 엄마에게 동영상을 보내는 것은 세 살짜리 조카에게 보여 달라는 뜻이다. 이제 막 말을 배우기 시작할 조카를 두고 비행기를 탔던 것이 벌써 몇 달 전이었구나.

부두 끝으로 가면 사람들이 꽤 많다. 그곳에 가는 건 넓은 바다를 한눈에 볼 수 있기 때문이기도 하고, 돌고래나 바다표범을 꽤 많이 볼 수 있기 때문이기도 하다. 부두 끝까지 걸어 나와 바다표범 소리를 들을 때마다 조카 생각이 난다. 아이들은 대부분 동물들을 가장 먼저 친구로 만나는 것 같은데, 사실 사진으로 찍어 보내 주기에는 그들의 생활이 너무 리얼해서 참았다. 만화나 그림책에서 보는 것처럼 몸 색깔이 예쁘지도 않고 또 그들의 생활환경이 깨끗하지도 않은 데다가 사실 그곳에 있는 동물들은 귀여운 아기들도 아니다. 하긴, 그림보다 실물을 보고 배우는 것이 더 중요한 공부이기도 한 것 같지만.

인간은 누구나 외로운 법이라서 내가 향수병에 걸릴 것이라는 생각은 해 본 적이 없다. 21세기에도 향수병이 있나 싶은 생각도 들고. 그런데 환경이 환경이라서인지 아니면 아메리카 대륙이라고 해도 너무 시골이라서인지 눈을 들면 언제나 주변에 딸기 밭이 있고, 양배추 밭이 있다. 미국의 농촌 마을에 와 버린 탓에 항상 '고향' 생각을 할 수밖에 없는 것 같다. 반대로 생각하면, 여기나 저기나 고향 같은 분위기는 똑같은데 굳이 고향 생각을 할 필요가 있나 싶기도 하고.

지금도 향수병이 있는 세상인지는 모르겠지만 나는 매일 조카를 생각한다. 가끔 짧게 보내오는 동영상을 여러 번 돌려 보며 혼자 웃기도 하고, 지나가면서 보이는 장난감 인형은 반드시 손으로 만져 보았다가 내려놓지 않는가. 은수는 늘 내 마음에 있다. 고향이 늘 마음속 어딘가에 풍경으로 존재하듯이.

살아 있는 내 친구, 백구 드라이버 이야기

⁜   오래전 친했던 한 친구는 자신의 차를 백구라고 불렀다. 한국에서는 조금 오래된 차였는데 트렁크가 둥글게 해치백 형식으로 된 차에다 하얀색이어서 나름 귀여운 강아지같이 보이기도 했다. 얼마 전 어떤 이의 글을 읽다가 자연스럽게 그 친구 생각이 났다. 한참 친했지만 어느 시기에 멀어지게 된 후 몇 년간 연락하지 못하고 지낸 친구이다. 부끄럽게도 그 친구를 통해 배운 것들이 너무 많아 미안할 지경이다.

그 친구는 자신의 자동차인 '백구' 뒷좌석에 항상 대여섯 권의 책들을 두곤 했다. 잠시 시간이 날 때마다 책을 읽기 위해서인 것 같았다. 그 친구는 학부에서 철학을 전공하기도 해서 책이 있든 없든 함께 있으면 이야깃거리가 많기도 했다.

가을이 되면 그 친구와 함께 갔던 정혜사라는 절이 생

각난다. 집에 있는 책꽂이에는 그 친구에게서 선물 받은 귀한 책들이 있고, 그 친구의 필체가 남아 있다. 잠이 안 오는 저녁에 가끔 써서 보냈던 이메일들이 아직 남아 있다. 필력이 아주 좋았고 감정을 글로 써내는 섬세함이 신기할 정도인 친구였다.

나는 당시에 문학에는 관심이 없었는데 ― 전에 나는 방송국에서 라디오 프로그램 구성작가를 했는데, 시사 프로그램을 주로 맡기도 했었지만, 나 스스로 문학가 기질은 없다고 생각했고 문학에는 관심도 없었다고 단언할 수 있다. 반면 이 친구는 대학 시절 문학 동아리에 열심히 참여하며 글을 읽고 쓰고 했다는 것을 친하게 되면서 알게 되었다 ― 이 친구와 친해지면서 문학이란 무엇인가에 대해 조금씩 알게 되었던 것 같다. 그 친구는 이메일을 보내면 마치 시인처럼 아주 감성적이고 멋진 문장들을 잘 썼는데 두고두고 읽기에도 아주 좋았다.

나는 이 '백구 드라이버'와 두 번째 직장에서 만났다. 나의 두 번째 직장은 당시 규모가 나름 컸던 프랜차이즈 종합 학원이었다. 영어 교육을 전공한 친구와 함께 이력서를 내고 면접을 보러 갔다가 그 친구는 단번에 채용되고, 나는 그 학원의 본원 캠퍼스 대신 그 무렵 생긴 작은 분원으로 가면 어떠냐는 제안을 받았었다. 당시 그 학원이 영어 교사를 뽑는 공고를 냈으니 전공자를 선택하는 것은 당연했지만, 이공계를 졸업했음에도 불구하고 같이 간 친구보다 영어 점수 등이 높았던 나는 어쩔 수 없는 간판의 힘에 약간은 상처를 받았었다.

같은 학원으로 친구와 출근하게 되었는데 그 때 내가 일하게 된 분원에서 만난 선생님이 그 백구 드라이버였다. 나는 중학생들에게 영어를 가르쳤고, 백구 드라이버는 국어 교사였다. 그리고 또 한 사람, 과학 교사로 일했던 현영 씨와 우리 셋은 몇 년을 아주 좋은 동료이자 친구로 잘 지냈었다.

보통 고등학교를 졸업한 이후에 사회에서 만난 친구와는 많이 친해질 수 없다고들 말하는데 나는 예외였다. 친한 친구들 중 함께 유럽 여행을 갔던 고등학교 동창들도 있지만, 백구 드라이버와 현영 씨랑은 참 좋은 친구가 되었다. 자연스럽게 서서히 친해진 우리는, 한참을 아주 즐겁게 우정을 유지해 나가다가 현영 씨가 멀리 이사하고 또 결혼하면서 조금씩은 멀어지게 되었다.

그리고 몇 년 동안 백구 드라이버와 둘이 아주 좋은 친구로 지냈다가, 으레 그렇듯이 서로의 직장과 거주지가 바뀌고 자주 볼 수 없게 되는 과정들을 거쳤고, 결국 연락하지 않는 사이가 되었다.

그러나 종종 나는 백구 드라이버가 선물해 준 책들과 그 친구가 해 준 이야기들과 알려 준 음악들을 계속 들으며 지냈고, 안부가 궁금하긴 했었다. 그러는 동안 석사 과정을 마치고 또 직장 생활을 하고 다시 박사 과정을 시작하면서, 남들이 사회생활과 취미 생활 등에 쏟는 시간만큼을 공부에 쏟게 되었다. 친구는 물론 가족들과도 자주 못 보고 지내는 날들이 몇 년이나 지속되었다. 연락을 해 보고 싶었지만 '나중에, 나중에, 나중에…' 하며 미루다가 몇 년이 흘렀고 박사 과정을 마치고 난 후 수소문해서 겨우 최근에야 소식을 알아냈다.

백구 드라이버를 만나거나 다시 연락을 하지는 않기로 했다. 그러나 가장 힘들었지만 즐거웠고 고민이 많았던 시절, 직장 일에도 개인적인 일에도 많은 조언을 해 준 백구 드라이버에게 늘 고마워하며 지내고 있다.

지난여름, 이 나라에 들어오기 얼마 전 나는 몇 년 만에 정혜사를 찾았다. 그때 백구 드라이버와 함께 갔을 때 느낀 그 고즈넉함은 그대로였지만 그때보다 건물들은 더 많아지고 길은 접근성이 좋아져 있었다. 사람들이 더 찾는 절이 되어 알려졌다는 이야기일 것이다. 백구 드라이버의 안부와 행복을 빌어 주고 왔다.

가을이 되니 어김없이 백구와 그 드라이버 생각이 난다. 내가 조금은 어른이 될 수 있었던 것은 여린 감수성과 강한 정신력과 착한 동감심을 가졌던 내 친구, 백구 드라이버 덕분이다. 나의 철학자.

사소한 생활의 발견

#1

콜럼버스 데이가 있다는 것

콜럼버스 데이(Columbus Day)가 공휴일이라는 것을 처음 알았다. 아메리카의 달력은 본 적도 없었지만 으레 국가 공휴일일 것 같은 날들은 대부분 나라들이 비슷할 것이라서 궁금해하지도 않았었다. 하필, 은행 업무를 보려고 물어 찾아간 씨티은행이 문 닫는 날이라며 내일 오란다. 은행 문 앞에는 유리문도 없이 작은 현금인출기 하나가 덩그러니 있다. 한국에서도 씨티은행은 영업점이 줄어들어 대부분 온라인으로 업무를 하는 것으로 유명한데 여기서는 오프라인이 더디고 불편한 정도이다.

이날 못했던 은행 업무는 겨우 어제에야 마쳤는데, 그것도 은행원이 정보를 입력하면서 실수를 하는 바람에

도루묵이 되어 다시 가야 한다.

테슬라 자동차가 있고 구글이 있고 아이폰이 있는 미국의 시스템이 조금 느리다는 것에는 어쩌면 의도성이 있는 것인지도 모른다는 생각을 해 보았다. 총기를 규제할 수 없는 것이 아니라 규제할 경우 손해가 되는 경제적이고 정치적인 이유가 있다는 설처럼 말이다.

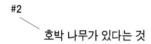

#2

호박 나무가 있다는 것

호박 나무(Pumpkin Tree)가 있다는 것을 처음 알았다. 한국에서 호박이라는 것은, 씨를 막 아무데나 뿌려 놓으면 싹이 돋아나 비바람을 맞으며 자라서 무엇이든 타고 오르는 식물 정도로 알았다. 노란색 호박은 늙은 호박으로 아주 오랜 기간 성숙된 열매라고 생각했었다. 그러다가 얼마 전 호박 나무를 발견하고 마치 세상에 태어난 지 얼마 되지 않은 세상살이 초보자처럼 신기했다.

더욱이 나무에 매달린 열매가 노란색이다! 마치, 〈벤자민 버튼의 시간은 거꾸로 간다〉에서 나오는 것처럼 태어날 때 나이 든 노란 호박이 자라면서 푸른 호박이 될 것만 같은 느낌도 들었다.

세상은 정말 신기하구나.

호박 나무 라벨에 쓰여 있다.

먹는 것 아님

아, 그냥 호박이 아니군.

아기 상어가 있다는 것

2017년 8월생인 조카는 〈아기 상어〉 동영상을 보고
또 보았었다. 요즘은 어떤지 모르겠지만 지치지도, 지겹
지도 않는 모양이다 생각했었다. 조카가 아니더라도, 작
년에 강의했던 한 대학의 학생들이 수업 중에 〈아기 상
어〉 동영상을 보자고 보챈 적도 있어서 〈아기 상어〉만
생각하면 절로 웃음이 난다. 그때 학생들은 대부분 군대
를 전역하고 취업 준비를 위해 열심히 공부하던 공대생
들이었기 때문이다.

한국의 천 원 숍과 같은 '달러 트리(Dollar Tree)'에서 아
기 상어 그림이 그려진 퍼즐 놀이를 발견했다. 나는 조금
신기하고 놀랐다. 두어 개를 집어 들고 아무 판단 없이
샀다. 우리 은수 줘야지.

〈아기 상어〉가 있다는 것은 한국에서 만든 문화 상품
이 전 세계 곳곳까지 들어와 있다는 말이었다. 그런 모습
이 당연한 세상이지만 이곳은 아주 시골, 거기다가 멕시
코 사람들의 생필품을 아주 싸게 파는 달러 트리가 아니
던가. 구석에 아무렇게나 던져져 있었지만 아무튼 괜히
뿌듯해지고 기분이 좋았다. 천 원짜리이니 퍼즐은 허술
하겠지만.

여기는 지진 강도 4.7

✳︎   포항에서 있었던 지진의 여파로 한동안 온 나라
가 떠들썩했다. 남동생이 포항에 살고 있어서 그때 지진
은 거실의 장식장이 거칠게 움직일 정도였다고 했던 말을
생생하게 기억하고 있다. 나도 그날, 아파트 9층에 있었
는데 한동안 집이 흔들려서 그 집에 있던 가족들이 모두
'얼음!' 자세로 한참을 서 있던 기억이 있다.

며칠 전에는 산호세에서 새벽 두 시경, 그리고 그 후
또 하루이틀 지나서는 오후 1시경, 지진을 느꼈다. 새벽
의 지진은 강도가 좀 세다는 느낌이 있었고 집 전체가
꽤 강하고 확실하게 흔들려서 숨을 죽이고 가만히 누워
있었다. 오후의 지진은 책상에 앉아 있을 때 느껴졌는데
강도는 아마 2~3 정도였던 것 같다. 지진을 자주 경험한
것은 아니지만, 한국에서 두세 번 겪었고, 일본에서 느꼈
던 경험으로 '판단'하건대 이 지진들이 대략 진도 4, 그리

고 진도 2 정도일 거라 생각했다. 그런데 실제 검색해 보니 산호세에서 느낀 지진은 진도가 약 4.7이나 되었다.

영화 〈샌 안드레아스(San Andreas)〉에서 지진의 공포는 이미 다 그려졌다. 캘리포니아의 모든 지역은 위험경고 지역이고, 특히 내가 있는 이곳이 공교롭게도 샌 안드레아스 지진판과 가까웠다. 산호세에 사는 지인 말로는 그들의 집 바로 건너 저쪽에 보이는 그 골짜기가 바로 판과 판이 이어진 부분이라는 끔찍한 말을 해 주었다. 사실 그 지역 사람들은 모두 전 세계에서 가장 위험한 지진판 위에 살고 있는 셈인데 또한 동시에 가장 살기 좋은 도시들이기도 한 점은 아이러니다.

지진에 대한 뉴스가 나오고 나서 곧, 30여 년 전에 있었던 지진에 대한 보도도 며칠 이어졌다. 그러고 나서 강한 대지진이 한 번쯤 올 것이라는 예측 인터뷰들이 이어지고… 가장 위험한 곳에 나는 앉아 있다.

왓슨빌

필사의 '필사(筆寫)'

✳︎ 어제는 오후 내내 우울했다. 오전부터 별일 아닌 것으로 기분이 나빠졌다가 오후 내내 시간이 남아 버리는 통에 하루 종일 우울을 '만끽'했다. 바깥에 나가 달리기를 한 판 했더라면 기분이 나아졌을 수도 있고, 신나게 떠들거나 영화를 한 편 '때리거나' 했더라면 좋았겠지만, 내가 지내고 있는 차고 위의 방 안은 아무것도 할 수 없는 분위기여서 — 아래층에는 아기가 놀고 있다 — 어쩔 수 없이 방에 틀어박힌 채로 하루를 보내야 했다.

선택할 수 없었던 것은 아니지만, 이제 갓 한 돌이 되는 아기가 살고 있는 집이고 한낮 언제는 그 아기가 자는 시간이다 보니 생각 없이 막 움직이지는 못하는 상황이다. 오랜만에 책 하나를 집어 들고 와 무작정 펼쳤다.

개리 스나이더의 『무성(No Nature)』.

공부 주제로 아주 가까이 두고 보아야 할 책이라서 챙

겨 왔는데 실상 날씨 좋은 이곳에 오니 공부는 하기가 싫어져 밀쳐 두었었다. 어떤 시는 여러 번 읽은 것도 있고 또 어떤 시는 아예 보지도 않고 넘기기도 했던 책, 손때가 아직 덜 묻은 편이지만 나름 애정이 있는 책.

무작정 첫 페이지를 펴고는, 연습장으로 쓰려던 노트 한 권을 들고 와 베끼기 시작했다. 오후 두세 시쯤부터 시작해 해가 질 무렵까지 한두 번 화장실과 방을 오간 것 빼고는 배를 깔고 누워 있었으니 ─ 사실 아직 내 책상이 없다 ─ 그것만도 몇 시간이다. 조금 불편한 채로 필사를 한 것이라 성의 없는 글씨는 그야말로 엉망이고 팔도 조금 부담이기는 했지만, 저녁에 보니 꽤 많이 베꼈다. 문학도들은 으레 자기가 좋아하는 작가의 글 정도는 정성 들여 필사를 하곤 한다는데, 나도 언젠가 존경하는 교수님의 논문이 아주 마음에 들어 여러 번 필사를 시도했었지만 단 한 번도 성공하지 못하고 포기를 했었고, 한 번도 스나이더의 글을 필사해 본 적이 없었다.

생각 없이 쓰다 보니 어느새 꽤 여러 편의 시를 옮겼다. 내가 좋아했던 시들을 중심으로 먼저 쓰고, 일본에서의 시 등 몇 편은 그냥 넘겼다. 하루 만에 이렇게 시를 옮길 수 있었는데, 나는 도대체 지난 두 달간 무엇을 하고 있는가. 하루에 한 쪽씩, 뭐든 한 가지씩 시도해 습관을 만들어도 벌써 만들었을 시간인데 밀이다. 게스름 온 뱃살과 온몸의 지방으로 덕지덕지 옮겨 붙었다. 죽기 싫으면 뭐든 해야 하겠구나 싶다. 아프리카의 사자는 해가 뜨면 무조건 달린다는데… 너는 하물며 머리 좋은 인간 행세를 수십 년 하고 있으면서도 자기 시간 하나 컨트롤하지 못하는구나.

필사적으로 필사(筆寫)해 보니, 나름 재미가 있다. 내용도 그만큼 좋고 성실하면 더 좋았겠지. 시간 보내기에 좋은 아이템이었지만 나름 지루하고 힘들었다. 류비셰프라는 과학자는 시간만큼은 어떤 일이 있어도 잘 통제하며 50년 이상을 기록하며 살았는데, 단 하루의 목표도 지켜보지 못하고 두 달, 아니 이미 반 정도의 인생을 보내 버린 것 같아 다시 우울하다.

필사의 '필사(筆寫)'

두 달 만에 처음 맛본 김치

✦   김치가 그리운 적이 없었다. 원래 집에서도 빨간 배추김치는 잘 먹는 편이 아니었는데 미국에 왔다고 해서 딱히 먹고 싶어졌겠는가. 오히려 먹기 싫었다.

밥이 남아 김치 볶음밥을 하게 되었고, 양파와 감자가 먹고 싶어 그냥 송송 썰어 넣었다. 참치도 한 캔 넣어 버리고…. 맛은 별로 없었는데, 양파는 달았고 감자는 덜 익어서였을 것이다. 김치 볶음밥에 넣은 김치가 아예 익지도 않고 간이 배지 않는 하얀 배추에 고춧가루만 듬성듬성 묻어 있는 김치라서 더 그랬을 것이다. 마음에 들지 않았지만 어쩔 수 없이 볶아 넣고 말았다. 고추 참치 캔을 따 넣었다면 더 맛있었을 텐데…. 김자반을 그냥 몽땅 털어 넣을 걸 그랬다.

먹고 나니 매콤한 맛도 없고 김치 식감은 아예 남지도 않았다. 도대체 배추김치에 매운 고추가 아닌, 거의 빨간

색 파프리가 가루 같은 짓을 넣이 먹는 한국 시람은 한
국 사람인가⋯. 아, 두 달 만에 맛본 김치가 너무 맛이 없
어서 실망스럽다. 매콤하고 아주 팍 삭아 버린 매운 김치
가 처음으로 그리운 날이다.

알로에 음료, 치킨 볶음밥, 불고기

✳   마트에서 발견한 한국 음식들 중에 비비고 상표의 치킨 볶음밥과 어느 회사 것이었는지 기억은 없지만 한국에서도 맛있었던 알로에 음료수 그리고 불고기 양념이 있다. 불고기 볶음용 재료가 들어 있는 팩과 음료수는 한국의 것과 비주얼과 맛이 모두 같았는데 치킨 볶음밥은 한국 것인 줄 몰랐었다. 알고 보니 비비고는 CJ 푸드의 상품.

한류 때문이 아니더라도 이미 미국 내에서 인기 있었던 한국 식품은 단연 김이었다고 한다. 한국에서는 밥에 싸 먹었던 양념 김이 여기서는 아이들의 간식으로 주로 판매된다고 한다. 공항에 선물용 김 포장 상품이 꽤 많은 것이 일본 관광객들 때문이라고 생각했었는데 꼭 그런 것은 아니었나 보다.

치킨 볶음밥 박스 사진을 찍어 동생에게 보내 줬더니 한국에서는 본 적이 없는 것 같단다. 하긴 내가 한국에서 치킨 볶음밥을 해 먹은 석이 있었나. 기억이 없다. 무역 분야에서, 특히 식품 수출입 분야에서는 아마도 '적응력'이 가장 중요한 성공 요인일 텐데 미국에 들어온 이 볶음밥은 나름 적응을 꽤 잘한 물건 같다.

최근에 코스트코(Costco)에는 몇 가지의 한국 식품이 더 들어왔다. 군만두와 찐만두 종류인 것 같았고, 밥에 볶아 먹으면 좋을 김자반 팩이 눈에 띄었다. 아, 햇반은 이미 잘 팔리고 있는 듯했다.

사실 이곳에서 한국 식품을 파는 한국 마켓에서 샀다는 물건들이 이상하게도 한국이 원산지가 아니라 일본이나 중국 쪽인 것을 보았다. 오히려 진짜 한국 식품은 미국의 마트에서 한국 회사의 상표를 그대로 달고 판매되고 있었다. 그동안 미국으로 온 이민자들이나 한국 음식을 구해 먹은 사람들은 그러면, 실제로는 일본 회사나 중국 회사들의 물건을 사다 먹은 셈인데…. 최근의 일본 물건 불매운동을 보면서 알게 된 것은 내가 알던 것보다 일본 회사의 물건들이 내 생활, 한국인의 생활 곳곳에 있었다는 사실이었던 것을 생각하면 이상할 일도 아니다. 농심의 경우도 아마 꽤 오래전부터 미국에서 한국 식품이라는 이름으로 새우깡 같은 인기 과자들을 판매해 왔을 것이 아닌가.

우후죽순… 인기를 따라 생겨나는 것들을 보면 어느 순간에는 진짜와 가짜가 혼존하는 것을 본다. 누가 원조였는가를 따지는 설렁탕집처럼 여기저기서 내가 원조, 내가 원조라며 간판만 강조하다 보면 그 내용은 오히려 뒷전이 되고 마는 것 같다. 한국의 김치가 아예, 멀겋게 하얀 채로 판매되는 현실을 보니 너무 안타깝다. 그것은 중국산이 분명한데도.

알로에 음료와 치킨 볶음밥과 불고기 볶음 재료가 담긴 팩을 보면서 혼자 쓸데없는 생각에 잠긴다. 쓸데없는 애국심.

<우아한 가>와 <타인은 지옥이다>

✦　　손 안에도 책상 위에도 다양한 매체들이 있어서 드라마나 동영상을 보는 일이 언제 어디서든 가능한 시대.

한국에서는 주말 느지막한 오후, 급한 일은 없고 내일은 월요일일 때, 마음의 여유를 부리기에 딱 좋을 때, 종종 영화나 드라마를 보며 시간을 죽이곤 했었다.

한국 드라마가 전 세계에서 인기를 끌면서 해외에서도 한국의 방송을 볼 수 있는 다양한 채널들이 여럿 존재한다는 것을 알게 되었다. 작년의 경우 나는 넷플릭스로 드라마 <미스터 션샤인>을 미국에서 보았었는데, 올해는 또 다른 사이트 하나를 알게 되었다. '온 디맨드'라는 사이트에서는 로그인을 하지 않아도 나름 화질이 괜찮은 최근 드라마를 볼 수 있었다.

얼마 전에 종영한 <우아한 가>는 꽤 재미있게 보았다. 중반 정도 방영되었을 때 알게 되어 한 번에 절반쯤을 보고 나머지 회차는 방송된 다음 주에 온 디맨드를 통해 보았다. 〈타인은 지옥이다〉는 아주 흥미로운 작품이었다. 배우들의 연기도 그랬지만 어쩌면 그렇게 원작 웹툰과 거의 비슷한 이미지의 배우들을 캐스팅한 것인지 신기할 따름이었다.

〈타인은 지옥이다〉를 보면서는 줄거리가 주는 인상과 느낌 때문에 다음 이야기가 궁금해지기도 했지만, 우리 시대의 관계의 문제를 해결하는 좋은 방법 중 하나는 그 상황을 불안해하고 불평하기보다는 그곳에서 벗어날 것인가 계속 그 안에 있을 것인가를 선택하는 것이라는 생각을 지속적으로 했다.

자신의 의지로 선택하여 상황에서 벗어나는 일은 생각보다 어렵긴 하지만, 눈 질끈 감고 선택의 타이밍을 놓치지 않는 것도 꽤나 중요해 보인다. 나의 경우, 3년 정도 일했던 세 번째 직장에서 그만둔 타이밍이 절묘해서 두고두고 욕도 먹고 또 통쾌함도 맛본 적이 있다.

〈타인은 지옥이다〉의 병민 씨처럼 내게도 지독한 직장 상사가 있었다.

한 발짝 떨어져 바라보면 그때 그 상사가 왜 그랬는지 알고는 있지만 그렇더라도 인간적인 용서는 해 줄 수 없는 사람이다. 마음으로야 수십 번도 미워하고 어떻게 이 상황을 벗어날 것인가 고민하고 울고 했었지만, 바로 용기를 내어 행동으로 취하지는 못했었다. 근무 기간이 길어지면서 급기야 나는 사무실 내에서도 내성적으로 변해 갔고…. 정신적으로 연약했고 계약직이라는 특수한 지위 때문에 참아야 했던 상황이었지만, 그 사람의 입장에서는 가장 먼저 내쳐야 할 사람이 바로 나였다는 것을 알고 있었다.

그 상사와 나는 같은 전공에다 비슷한 업무를 하고 있었고, 나는 그 사람보다 열 살이나 어렸다. 거기다 나의 계약은 매년 연장되고 있었고 어쩌면 그다음 해에는 무기계약으로 더 나은 대우를 받게 될 수도 있는 상황이었다. 그 사람이 학위를 받자마자 내정되어 전임연구원 자리에 들어온 것에 비해, 나는 석사를 수료한 직후 공채를 통해 같은 사무실에서 일하게 되었으니, 그 사람의 입장에서는 내가 그의 자리를 위협하는, 마치 방석의 바늘과도 같았을 것임을 알고는 있다.

함께 즐겁게 일하던 동료들 셋이 먼저 계약 종료로 사무실을 떠났고, 나도 휴가지에서 책상과 사무실이 옮겨지는 굴욕적인 경험을 하게 되면서 퇴사를 생각하게 되었었다. 그러던 중, 개인 연구를 할 수 있는 연구책임자 지위를 주는 어떤 프로그램에 선발되면서 자연스럽게 퇴사 수순을 밟게 되는 일이 생겼다. 의도하지는 않았지만 그 사람에게 보기 좋은 한 방의 펀치를 날리게 된 셈이었다.

최후의 승자는 내가 아니라 여전히 그 사람이기는 하다. 왜냐하면, 나는 보기 좋게 사표를 내고 축하를 받으면서 사무실을 나오기는 했지만, 그는 여전히 그 조직 내에서는 영향력을 발휘하는 상사의 위치에 있기 때문이다.

그의 아버지는 모 광역시의 국장급 인사이고, 지금 일하고 있는 조직의 수장이 자신의 석·박사 지도 교수이며, 그 지도 교수와 절친한 친구 하나가 그 기관의 원장으로 와 있던 차에 그가 그 자리에 임용되었던 기막힌 우연들. 내가 여기에 이제 '임용'이라는 용어를 쓰는 순간 모두는 알게 될 것이다. 공공기관이라는 것을. 그렇다면 취업 내정자는 더 문제가 될 것이라는 것을…

〈우아한 가〉의 한제국처럼, 그는 지금도 웬만한 최순

실들은 저리 가라 할 정도의 실세이다. 그리고 그와 같은 배경이 없는 나로서는 계란으로 바위 치기처럼 끊임없이 불안해하고 불평하면서도 그의 명령들을 따를 수밖에 없는 상황을 3년이나 참았다. 〈타인은 지옥이다〉가 전하고자 하는 그 메시지처럼, 떠나야 할 순간을 놓쳐 버리거나 자기 스스로를 지켜낼 수 있는 자존감이 충분하지 못한 상황에서는 누구든 반반의 확률로 무너져 버릴 수도 있다는 것을 안다.

지금은 알고 있다. 그때 그 힘들었던 세 번째 직장에서 더 일찍 벗어나려고 했어도 좋았다는 것을. 누군가와의 인간적인 관계에 대한 우려나 더 좋은 직장이 없을 것이라는 걱정들보다 스스로를 일으켜 주는 자존감이 더 커야 한다는 것을.

내가 그 직장을 그만두고 3년 후쯤부터, 그때 그 상사는 내 강의 일정을 잡거나 시간표를 조정해 주고 중요한 학사 일정과 알람 등을 메일로 알리며 서류를 처리해 주는 업무를 담당했다. 본인 입장에서는 자존심이 많이 상하는 일이었는지, 한 번도 제대로 내 이름 뒤에 호칭을 붙이거나 친절하게 대하지 않았다. 본인의 업무가 '교육

서비스에 속한다는 것을 알고도 그런 것을 보면 아마 자존심도 그렇지만 속으로 내게 많이 꼬이긴 했었나 보다. 나의 동료들은 그것을 특유의 질투로 해석했었지만 어쨌든 그곳에서의 계약은 2019년 8월 31일에 종료되었다.

며칠 동안 드라마에 빠져 있으면서 그나마 몇 개의 좋은 한국 드라마들을 골라 보았기에 쓸데없이 시간을 보냈다는 죄책감이 덜하다. 김래원과 수애가 주연한 〈천일의 약속〉이 이번 주에 볼 드라마이다.

아차, 나의 왼손 사신

✳   2012년부터 왼쪽 팔목에 묶고 다닌 오색실 팔찌가 있다. 작년까지는 괜찮았는데 올해부터 조금씩 실 가닥이 풀어지는 것이 눈에 보인다. 빠질 수 없도록 꽤 단단하게 묶여 있던 실이 어느 순간 보니 살짝 팔목을 비틀면 빠질 수 있을 정도까지 느슨해졌다.

나의 팔목에는 그동안 시계도 반지도 팔찌도 없었다가 2018년 9월부터 작은 시계 하나를 팔찌와 함께 차고 있다. 그 오색실 팔찌를 사람들은 인도나 동남아 어디쯤 다녀온 기념품 정도로 생각해 주었다. 처음에는 알록달록 장식품 같았지만 시간이 지나면서 너무 느슨해지고 닳고 해지고 볼품이 없어져서, 옷을 입으면 마치 팔목만 오래된 느낌이 들 정도이다. 몇 사람은 이미 "아, 그걸 뭐 하러 끼고 다녀. 그냥 빼 버려!" 할 정도였으니.

2018년 1월에 어떤 이는 팔에 그렇게 천을 감고 다니면 잘 씻기지도 않고 해서 냄새 나겠다며 놀려 대었다. 그러다가도 누군가는 "꽤 의미가 있는 것인가 보다" 생각해 주기도 하고…. 몇 년이나 몸에 붙이고 다닌 것이라 나름 정도 든 모양이다.

오색실 팔찌가 눈에 띄게 해지고 풀어지기 시작하면서 왠지 이 녀석이 오래 못 갈 것 같다는 생각을 하게 되었다. 나는 6월부터 몇 주간, 매일 왼쪽 팔목 사진을 찍어 두었다. 아주 철저하지는 못해서 매일 같은 시각에 찍은 것은 아니지만, 생각날 때 찍어둔 것이 스무 장이 넘었었나 보다. 그것도 거의 이동하면서 지하철 등을 기다릴 때나 가만히 앉아 있어야 할 때 '아차' 하면서 찍어 둔 것들이었다.

사진을 찍어 두기 시작한 지 얼마 지나지 않은 시점에 결국 오색실 팔찌는 사망했다. 올이 너무 풀려 더는 가지고 다니기 어렵다고 판단했고 어느 날인가 살짝 실을 당겨 보니 자연스럽게 풀려 버렸다. 마치 물속에 오래 담가 두어 올이 해진 것처럼 슬슬…. 아쉽기도 하고, 후련하기도 하다.

왓슨빌

소원을 이루어 준다기에, 비가 와도 눈이 와도 자고 있었건만.

씻기지도 않고 예쁘지도 않은데 왜 하고 다니느냐는 핀잔도 다 견뎠는데.

내 소원은 이뤄 주지도 않고, 오히려 나이 들면서 소원이라는 것이 왜 필요한지 무슨 의미가 있는지 모르겠는 마음으로 만들어 두고.

팔찌는 갔다.

아, 나의 팔찌는 갔다.

아이들을 위하여

✢ 　얼마 전 연구원 비자로 2년 간 미국에 머물게 되어 한 달여 전에 워싱턴 근처로 도착한 친구와 처음으로 통화를 했다. 들어보니 친구는 지난 한 달간, 내가 두어 달 동안 승인(?)받은 일들의 한 열 배 정도를 처리한 것 같았다. 집은 미리 구했었고 중고차도 샀고 미국 주민번호(SSN, Social Security Number)도 도착 다음 날인가 신청해 받았고, 휴대폰을 개통했고… 지난주에는 7시간을 운전해 나이아가라 폭포에 다녀왔다고 한다. 우와, 세상에.

　그런데 생각해 보면 사실 미국에 살 준비를 한다는 것은 어쩌면 '신분에 이상이 없는 상태가 되는 것'을 의미하기도 하므로, 친구가 있는 워싱턴 주변의 주에서는 한국의 운전면허증을 그대로 인정해 주는 협정 때문에 이곳 캘리포니아와는 비교도 안 될 만큼 정착 준비가 빠른 것이라고 생각한다. 캘리포니아주에서는 운전면허증을 발급받기까지 최소 몇 개월 이상이 소요되고, 그 순비를 하기까지는 또 몇 가지의 서류가 필요하며, 한 가지의 증명서를 받기 위해 약 1~2주는 또 기다려야 한다.

타국에서 오랜 친구와 통화를 하고 나니, 알 수 없는 후련함과 개운함 같은 것이 있었다. 이곳에서도 늘 한국말만 사용하고 말을 못해 답답한 것은 아닌데도 아무 생각 없이 이야기 나눌 친구가 그리웠었나 보다.

집으로 돌아오는 길에 잠깐 동네 앞 사거리 건너의 마트에 들렀다. 계산대 옆에 서면 항상 볼 수 있는 작은 팻말이 오늘따라 따뜻하다. 팔다 남은 바나나인데 대부분 알맞게 익은 노란색. 상자에 담아 두고 무료로 가져가도록 해 두었다. 어른은 못 가져간단다(먹고 싶은 어른들도 있을 테지만 그걸 집어가는 어른들을 못 보았다). 그런데도 바나나는 늘 남아 있었는데, 들어보니 대부분 아주 노랗게 익은 바나나는 잘 먹지도 않고, 그냥 가져가지도 않는 편이란다.

그래도 아이디어는 좋아 보인다. 버릴 정도는 아니지만 또 팔 수 있는 정도로 덜 익지는 않은 과일은 아기들이나 어린이 손님들을 위해서 놓아두는 것. 작은 이벤트나

행사들을 아주 소소하면서 의미 있게 치르는 일은 동양
보다는 서양이 훨씬 가치 있게 할 줄 아는 것 같다.

아이들을 위한 바나나 무료 제공 이벤트가 너무 좋아
보여 사진을 찍어 돌아왔다.

나는 왜 무기력을 되풀이하는가

✦　　『사랑의 기술』로 유명한 에리히 프롬의 책『나는 왜 무기력을 되풀이하는가』를 인천공항에서 샀다. 비행기 안에서 읽을 거리로 산 것이 분명하고 책 뒤편에 내가 기록해 둔 날짜와 장소가 있는데도 사실 2017년 10월 그날 내가 인천에서 어디로 가는 길이었는지 생각이 나지 않는다. (그러나 곧 생각날 일이다. 여권을 확인해 보면 되는 일이고 또 그 시기의 앞뒤 일정과 달력들을 짚어보면 알게 될 일이니 오래 고민하거나 '왜 생각이 안 나지?' 하고 신경을 쓸 일은 아니다.)

　지금도 책 표지를 볼 때마다 느끼는 감정인데, 그래서 조금은 신기한데, 나는 분명 이 책을 발견하고서, 제목에 일단 끌렸을 것이다. 나는 한 번도 '나는 왜 무기력을 되풀이하는가'라는 주제로 독서나 사색을 해 보지는 않았지만, 저 한 문장의 제목을 발견한 순간 느끼게 되었던 것 같다. 그동안 내가 간헐적으로 경험해 보았던 나 자신의 성격, 성향, 습관 등에 대한 고민이 결국은 '무기력'에 대한 것이었음을.

에리히 프롬은 저 주제로 글을 썼구나…. 내가 생각만 하던 것, 무엇인지 구체적으로 알고 설명해 내지는 못했지만 아마도 내 우울증은 바로 '무기력'을 반복하는 과정에서 나왔을 것이라는 확신이 들었다.

2017년 가을. 나는 어느 때보다도 바쁘게 살고 있었다. 주중에도 강의 및 기타 몇 가지 일을 했고 토요일 오전까지 집에서 한 시간 반 정도 떨어진 모 대학교의 주말 수업에 가야 했다. 금요일 저녁까지 늦게 일하고 토요일 새벽부터 운전을 하고 다니는 일이 쉽지 않았다. 내가 선택한 일이니 어쩔 수 없다고 생각하며 오갔을 텐데 지나고 보니 성과 대비 기름값 소비가 더 많았겠다.

주중에는 이틀을 지방에서 서울로 오갔고, 수요일 하루는 당일치기로 서울에서 오전과 오후 수업을 하고, 저녁에는 지방의 한 대학에서 야간 수업을 하는 강행군을 몇 학기나 이어 갔었다. 지나고 보니 어떻게 버텼나 싶다.

요즘의 컨디션과 게으름이라면 절대 소화할 수 없는 일정일 것이다.

누구에게나 주어진 하루의 시간은 같기에, 지방과 서울을 오가며 생활하려면 그 시간 동안에 다른 것은 그만큼 포기해야만 한다. 그것은 잠일 수도, 끼니일 수도, 또는 다른 어떤 것일 수도 있을 것이다. 나의 경우 '인간관계'를 거의 포기하다시피 하고, '바쁜 척한다', '성의가 없다' 등의 오해를 그대로 받아들이며 새벽 기차와 밤 기차에 몸을 싣고 다녔다. 영업직 일을 하는 어떤 지인은, 출장이 많은 일, 이동이 많은 일을 오래 하다 보니 대중교통보다 운전이 편하기도 하다고 했었다. 그 친구는 운전하며 오가는 동안에 친구들이나 선후배, 하다못해 사돈의 팔촌까지를 전화로 챙기며 인간관계를 유지했지만 그 방법은 어쩌면 영업을 했던 그 친구에게만 도움이 되는 방식이었을 것이다. 그와 달리 나는, 최소 6시간 이상의 잠은 사수하고, 대신 한국 사회에서는 아주 중요한 사회적 관계를 포기해 버리는 다소 '이상한' 결정을 했었다.

모든 이에게 좋은 친구이고 싶었던 때가 있었다. 내가 '모두에게 좋은 사람이고 싶다'는 목적이나 의도를 가지고 있었던 것은 아니지만 일종의 착한 친구 콤플렉스와 비슷한 무언가가 내재해 있었을 수도 있다. 누군가에게 인정을 받는다는 것은 동물이든 사람이든 모두에게 중요한 것이니…

지금도 다른 사람들이 불편해하는 것을 견디지 못하는 성격은 여전하지만, 최소한의 매너가 없거나 이기적인 사람까지 배려해야 한다고는 생각하지 않는다. 그래서 종종 싫은 내색을 하기도 하고, 무분별하고 무의미하게 '아는 사람'으로 지내 온 지인들을 과감하게 내치기도 했다. 그들이 나를 '독한 사람'으로 기억하는 불상사 정도는 감내하고서 말이다.

소위 '배운 사람'들은 말이 많을 것 같지만 내가 본 좋은 멘토들은 그렇지 않았다. 대화를 할 때에는 주로 이야기를 듣다가 핵심에 대해서만 짧게 질문하는 편이었으며 목소리는 깊고 질문은 예리하지만 표정은 부드럽고 억양은 위트가 있었다. 내가 기억하는 서너 명의 멘토들은 모두 그랬다. 그런 멘토들과 내가 달랐던 점을 발견했는데, 나는 사람들에게 좋은 사람으로 기억되겠다는 의도는 없었지만 그냥 다른 사람들이 불편해하는 것이 싫고 '좋우 게 좋은 것'인 줄 알았던 적이 있고, 적당히 잘 웃고 잘 섞이는 사람이라는 점이었다.

그러다가 처음으로 싫은 내색을 해 보고, 잘못된 것은 잘못되었다고 의견을 냈을 때, 나로 인해 분위기가 차가워지고 진지해지는 것을 느꼈던 기억이 있다. 그것이 하필 대학원 수업에서였는데 지금도 생생히 기억할 정도로 분위기는 불편했고, 소화가 되지 않는 느낌에, 두통마저 느꼈던 것 같다. "고분고분해 보이더니 할 말은 하네"라는 어떤 분의 빈정대는 말은 지금도 비수처럼 기억난다. 한동안은 나로 인해 분위기가 안 좋아졌다는 죄책감 같은 것도 있었던 것 같다. 나는 내가 이상한 사람이 된 것만 같았다.

그러다가, 내 이야기를 잘 들어주던 속 깊은 어떤 멘토 덕분에 조금씩 생각이 달라졌다. 좋은 것이 좋은 것이 결코 아니라는 확신이 들었고, 질문을 하는 내가 잘못된 것이 아니라 의심이 드는데도 해결하려 들지 않는 사람들이 잘못된 것이라는 것을 알았다.

아마 이때쯤부터, 1년에 한두 번 통화하고 얼굴은 2~3년에 한 번쯤 그나마도 억지로 보고 지내면서 친하다고는 할 수 없어서 어느 정도 가식과 허울과 적당한 웃음으로 커피숍 등에서 시간을 보내면서 우리가 관계를 유지한다는 비닐 포장으로 위장하는 친구 관계보다, 약속도 별로 없고 카카오톡 단체 방과 대화 창은 많지 않지만 최소한 신뢰할 수 있는 사람들과 관계를 유지하고 있다는 뿌듯함이 더 건강하다는 생각을 하게 되었던 것 같다.

친구가 덜 중요한 것이 아니라, 서로의 시간을 귀하게 쓸 수 있는 친구 관계가 더 중요하다는 생각을 유독 많이 했던 때도 아마 이 책을 샀던 2017년 가을 무렵이었다. 그 전부터 이미 나는, 어떤 친구들에게는 학교에 오래 다니면서 가방끈 늘이기 놀이나 하는 대학원생으로 인식되었을 것이고 또 어떤 친구들에게는 공부에 매진하면서도 동시에 일도 하느라 바쁜 친구였을 것이다. 원래도 모임 등이 거의 없어서 자주 연락하고 만나는 사람들이 아주 많지는 않았지만(대신 나는 사람들이 보기에는 다양한 분야의 지인들과 알고 지내는 축에 속했다).

정신없이 일하고 노는 동안(대부분 나의 놀이와 휴식은 공부와 독서였던 것이 문제이지만) 무기력을 경험해 보지 못했다가 학교를 마치고 나서 강의를 시작한 후에야 조금씩 여유가 생겼던 것 같다. 그랬으니까 일주일에 최소 절반 이상을 서울과 지방을 오가면서도 몸이 버틸 수 있었겠지.

그 과정에서 자연스럽게, 여유 있는 시간과 사색의 시간은 어떤 날은 무료함과 무기력함으로 명명되었다. 한참 바쁠 때 바라보던 하늘이나 기차 밖의 풍경은 정말 슬프도록 아름다워서 갖고 싶은 로망 같은 느낌이었는데, 잠자는 것 외에는 급할 것이 없었던 시기에는 그저 심심해서 바라보는 텅 빈 소라 껍데기 같은 풍경이었다.

우리는 왜 무기력을 되풀이하는가. 어느 정도의 해답은 프롬과 같은 명상가나 철학자가 내놓았겠지만, 심심한 것을 못 견디는 현대인들에게 무기력은 그냥 남아도는 시간들일 것이고, 소위 생각이라는 것을 할 줄 아는 사람들에게는 그 무료한 시간마저 자아를 탐색하고 사색하기에 충분한, 유의미한 시간일 것이다.

주어진 인생의 시간을 잘 보내는 것이 얼마나 중요한가 생각해 본다. 동시에, 커피를 마시며 같이 놀아 줄 친구를 찾는 일보다, 나 자신에 대해 한 번 더 생각해 보는 시간을 갖는 것이 얼마나 귀한 기회인가 생각해 본다. 누군가와 함께 시간을 보내지 않으면, 누군가 수다를 함께 해 줄 사람이 없으면 "심심하다"라고 표현했던 친구 하나가 생각난다. 그 친구는 주로 운동을 같이 갈 친구, 점심을 같이 먹을 친구, 오후에 티타임을 같이할 친구, 저녁 시간에 맥주 한잔 같이 할 친구들을 늘 찾아 다녔다. 항상 약속이 있었고 늘 '아는 사람들'이 곁에 있었다. 그러나 어느 순간 그녀의 어린아이와 남편이 정신적으로도 물리적으로도 그녀와 멀어지게 되었을 때 나는 간접적으로 경험했다. 하루하루가 조금은 덜 역동적이더라도, 내가 사랑하는 사람들 그리고 나를 사랑하는 사람들과 함께하면서 마음 편하고 온화한 시간을 보내는 편이 덜 심심하고 무기력한 것이라는 것을… 대부분 인간의 무기력함은 시간적 여유가 있으면서 영혼은 불만족스러울 때 드는 감정이라는 것을… 그리고 무기력한 순간을 단순히 유희로 보내 버리려 하면 오히려 더 큰 공허감을 느끼게 된다는 것을…

무슨 물건이든 속을 채워야 한다면 차근차근 튼실하고 알차게 채워야 한다, 번듯한 겉모습이 아니라. 그래서 무기력을 되풀이하지 않는 힘은 자아 탐색과 사색이 답이다. 적응해 가는 처음 한동안은 조금 힘들겠지만.

기쁨은 집중적 삶의 결과

"앎은 한정되어 있지만 무지에는 끝이 없다. 지성에 관한 한 우리는 설명이 불가능한, 끝없는 무지의 바다 한가운데 떠 있는 작은 섬에 불과하다. 세대가 바뀔 때마다 그 섬을 조금씩이라도 넓혀 나가는 것이 인간의 의무이다." *

- 토머스 헉슬리

살면서 느끼는 소소한 기쁨들은 그래, 알고 보면 모두 집중적 삶의 결과이다.

오랜 연구 끝에 새로운 현상을 발견한 기쁨, 열심히 공부해 성적이 올랐던 때의 기쁨, 아기의 탄생 역시 인생의 어느 시기엔가 열정적으로 살았던 삶의 결과가 아니겠는가.

---

* 칼 세이건의 『코스모스』에서 재인용.

어제는 종일 책을 보았다. 가지고 있으면서 처음부터 끝까지 정독해 본 적 없었던 칼 세이건의 『코스모스』.

어릴 적에는 이 책의 제목 자체가 주는 신비감이 있었다. 좀 더 커서는 책보다는 SF류의 영화가 좋았다. 대략의 내용을 알고 있었고 언젠가는 읽고 싶었는데 책에 손이 갔다가도 앞부분 처음 몇 장을 넘기기 힘들었었다.

과학에 대한 내용이야 중학교 때에 들어 본 과학자들의 이름이 여럿 나오니 생소한 것은 아니었지만 천문학자가 쓰는 과학 이야기라서인지, 가벼운 듯하면서도 깊이가 있다. 그래서 그런 걸까, '과학책'으로 분류가 되어 있는 책이라 '인문학'에 더 시간을 쏟았던 지난 십여 년간 이 책에 쉽게 손이 가지 않았었나 보다. 나도 모르게 학문을 분류하고 있었나 보다.

단 반나절의 시간만 집중했다면 되었을 일을 그동안 왜 시도를 하지 않았었나 싶다. 최근 두어 달 반나절조차도 조용한 시간을 가질 틈이 없었던 것인가 싶었다.

어제 읽었던 『코스모스』에서 특히 흥미롭고 좋았던 대목은 과학자가 쓰는 철학사 부분이었다. 나중에 어딘가에 기록을 하겠지만 칼 세이건은 인문학도에서 과학자가 된 연구자이다. 그의 우주에 대한 관심과 사고는, 그리스의 초기 철학자들처럼 하늘에 대한 인간적 관심, 철학적 관심, 인문학적 관심이 그 기반이었다.

앞부분은 그동안 여러 번 펼쳐 보았던 탓에 읽었던 흔적이 조금 남아 있는데 뒷부분은 이번에 처음 보았다. 두어 달 전 짐을 정리하면서 책은 집에 거의 두고 10여 권만 골라 들고 왔는데 그중에 하나가 『코스모스』였다(소장판인 표지가 두꺼운 책도 함께 가져왔다. 장식용으로).

독서 역시 하나의 기쁨에 속한다. 집중적으로 독서한 결과로 얻는 기쁨은 말로 표현할 수 없다. 『코스모스』를 읽으면서 하늘로, 바다로, 과거에서 미래로 다니며 온갖 연구의 결과들과 학자들의 명언을 만나 볼 수 있지 않은가.

어제는 이곳 캘리포니아에 선선한 바람이 불었고 종일 꽤 쌀쌀했다. 두꺼운 옷을 걸쳐 입고 독서에 빠져드니, 어린 날 나름 진지하게 시험공부에 매진했던 때가 떠올랐다. 딱 하루 동안 공부를 마쳐 시험을 봐야 하는 스트레스가 있었지만 아주 즐겁게 공부했던 때. 그런 경험은 단 한 번뿐이었다. 하루 종일 공부하고 집중하고 즐거웠던 경험이었다.

집중적 삶의 결과는 어떤 식으로든 즐거움과 기쁨을 만끽하게 해 주는 것 같다. 『코스모스』를 드디어 완독하게 되니 기분 좋은 날이었다. 그리고 이제야 알았다, 아는 척하지 말고 더 빨리 읽었어야 했다. 재작년에 이 책의 소장본을 선물해 준 철이 선배의 말을 이제야 알겠다.

> "『코스모스』는 항상 책장에 있어야 하지. 언제 어디서든 생각날 때마다 보고 또 보아야 할 책이야."

큰 코끼리를 그렸다

✳   오늘 아주 큰 코끼리를 그렸다. 꼬마 친구 영호에게 주려고.

나는 그림은 거의 그려 본 적이 없다. 예술가 기질이 없어서일 수도 있고, 제대로 배운 적이 없어서일 수도 있고, 그림 그릴 일은 더더욱 없었고. 도화지에 그림을 그려 본 것은 중학교 미술 시간이 거의 마지막이었을 것이다. 정물화도 그리고 풍경화도 그려보았던 그 시절 미술 시간이 오늘 갑자기 아련하게 떠오른다.

지금 미국에 머물고 있지만, 이 지역에 살고 있는 '아는 사람'은 단 한 명뿐이다. 그것도 고등학교 선배였던 언니. 그 외에는 사돈 또는 팔촌을 털어도 "나 미국 왔어요" 하며 연락할 사람이 없다. 그래서 그랬는지, 아주 우연히 고등학교 졸업 후 십 수 년 만에 마주친 그 언니네 집에 나는 정말로 방문해 버렸다(인천공항에서 우연히 마주쳐 연락처를 받았고, 그 후 또 수년이나 지나서 다시 만나게 됐다. 한번 놀러 오라는 말은 보통은 그냥 하는 인사이므로 정말로 '한번 놀러 가 버린' 것은 대책 없는 행동인 것 같기도 하지만…. 그러나 인생에서 우연은 동시에 필연이며 인연일 수도 있기에).

영호는 그 언니의 다섯 살 아들이다. 말을 시작한 시기가 조금 늦어 걱정을 끼쳤는데 1년 만에 다시 만났더니 수다쟁이가 되어 있다. 그래도 한국어는 아직 서툴고, 영어 발음도 몇 개의 자음이 아직 명확하지 않다. 영호는 친구가 없어서 심심해한다. 두 살 터울인 형이 학교에 입학하면서 같이 놀 수 있는 시간이 줄었다. 엄마는 최근 일을 시작해 바빠졌다. 아빠랑 있는 시간도 많지만 아빠도 바쁘다.

영호는 그림 그리기를 좋아한다. 종이와 색연필과 풀이 있으면 하루 종일 놀 수도 있다. 나는 요즘 수요일 오후에 가끔 영호를 만날 수 있다. 엄마가 학교 앞에서 형을 데리고 할머니와 삼촌을 만나는 길에 영호도 함께 나온다. 나는 그 영호네 할머니 댁에서 지내고 있어서 나도 종종 동행한다. 영호는 내 이름도 모르지만, 나한테 자신의 장난감도 소개해 주고 집에 있던 유니콘 인형도 신물한 적이 있다. 나를 위해 마치 추상화 도형 같은 그림을 그려 오기도 한다.

그런 영호와 며칠 전에 통화를 하는데, 엊그제는 영호가 숙제를 내 주는 것이었다. 큰, 큰 코끼리 그림을 그려 달라는 것이었다. 얼른 통화를 끝내기 위해서도 나는 알겠다고 말했는데, 막상 내일이 수요일이라는 생각을 하니 미뤄둔 숙제가 있던 것처럼 걱정이 되었다.

아이와의 약속은 중요하다. 자신은 없지만, 코끼리, 그것도 큰, 큰 코끼리를 그려야겠다. 엊그제 얻어다 둔 커다란 두꺼운 보드에 초크로 코끼리를 그리기 시작했다. '미술은 따로 배워 본 적도 없고 그림 실기는 더더욱 해 본 적도 없는데, 아이에게 웃음거리가 되면 어쩌나. 영호가 맘에 안 들어 하면 어쩌지…'. 잠깐은 그런 생각도 들었지만, 일단 그렸다.

초등학생 아이처럼 코끼리 그림을 그리고 있는 나. 영호네 할머니나 가족들이 볼까 봐 방문도 닫은 채 비밀리에 미션을 완수한다. 코끼리가 아니라 코알라 같아 보이기도 해서, 그냥 '아기 코끼리'라고 적어 두었다.

아, 예술의 세계는 어렵구나.

코끼리도 이렇게 못 그리다니.

보이는 것도 못 그리다니.

왓슨빌

10월을 보내며, 11월을 맞으며

✦   10월의 마지막 날, 캘리포니아 산호세의 곳곳은 명절 분위기다. 아마도 아메리카 대륙 전역이 그럴 것이다.

고즈넉한 동양의 풍경은 아니지만 이 대륙의 현대적인 집뿐 아니라 작은 가게, 하다못해 공장 분위기의 일터에서도 핼러윈(Halloween)을 기념하는 호박 등이 켜졌다. 학교에서는 핼러윈 복장을 겨루는 행사가 있단다. 아이들에게도 핼러윈 데이는 축제이다. 공짜로 나누어 주는 캔디나 초콜릿을 받는 재미도 있다. 나도 어제 처음으로 이 풍경을 경험했다.

어릴 적부터 계획을 세우는 데에는 거의 달인급이었던 나는, 반대로 세운 일정표를 실천하는 데에는 꼴등이었다. 계획이 늘 앞섰고, 실천은 거의 못했다. 새해 아침에 세운 계획이 신기하게도 늘 작심삼일로 끝나듯, 내 계획은 일주일이나 하루 단위로 세워도 작심일일이면 '실패' 도장이 꽝 찍혔다.

실패로 가득한 계획표가 보기 싫어서 실패한 날짜만큼을 수첩에서 뜯어내 버리기도 했고, 눈에 보이면 좀 나을까 싶어 책상 앞에 크게 적어 붙여 놓기도 했다. 그래도 늘 나는 실패자에 가까워서 의기소침했었다. 다른 사람들이 보기에는 성실하게 사는 편이었지만 내 기준에서 늘 나는 부족한 사람이었다.

그러다가 또 한때는, 매달 말일에 뜬눈으로 밤을 지새우기로 하는 요상한 프로젝트를 시도한 적도 있다. 새 달을 맞으면서 일출을 보면 왠지 새로운 한 달이 아주 알찬 시간이 될 것 같아서였다. 누군가 그렇게 한다는 글을 본 적이 있기도 해서다.

그것도 물론 실패했다. 어느 때에는, 밀린 일이 많거나 시험공부를 해야 하거나 해서 몇 시간 못 잔 적도 있지만, 보통 사람들보다 나는 잠이 많은 편이어서 밤을 새우고 나면 그다음 날은 하루를 꼬박 자야 해서… 성공할 가능성이 처음부터 낮았다.

일어나 보니 오늘이 10월 마지막 날이다. 한국에서라

면 이미 11월을 시작하는 종소리가 울리고 난 뒤이지만, 시간차가 있어서 다행이다. 한 달을 시작하면서 또 새로운 계획을 세울 수 있고 새 다짐을 할 수 있으니까.

고등학생이었을 때부터 시도했던 일 중, 새벽 5시 기상 연습이 있었다. 몇 번 실천하지는 못했지만 당시에는 학교에서 보내는 시간이 비효율적으로 많기도 하고 공부도 안 되는 것 같아서 혼자 있는 시간을 확보하기 위해서 나름 전략을 짰던 것이었다. 그런데 당시 나는 동생과 한방을 쓰고 있었는데 내가 새벽에 일어나 공부한답시고 졸면서 앉아 있는 모습이, 청승스럽기도 하고 좀 미워 보이기도 했던 것 같다. 내가 불을 켜 두고 앉아 있는 것을 아주 싫어했었다.

습관이 들도록 최소 2주 이상을 실천했어야 하는데, 나는 한 번도 내 계획을 완벽하게 실천한 적이 없었다. 지금은 그 이유를 물론 안다. 애초부터 실천 가능성이 적은 계획들을 세웠고, 내가 정말 그렇게 하고 싶어서라기보다, 무언가를 해내야 한다는 강박 같은 것이 작용했던 것 같다. 영어 단어를 외우기 싫었지만 왠지 해야 할 것 같아서 억지로 잠을 깨려니 짜증도 났고 새벽바람은 대부분 찼다.

벌써 10월이 다 가고 11월이 온다. 사실 실패의 연속뿐
인 내 계획표들은 지금도 여기저기 메모가 되어 있고 휴
대폰에 저장되어 있다. 그러나 또 한편으로는 만일 아무
런 계획도 없이 생활한다면, 1년 후, 10년 후에도 무의미
한 시간들을 계속 보내고 있을 것 같아 다 지키지 못한
계획이라도 있는 편이 낫겠다는 생각도 든다. 나도 벌써
이곳에서 두 달여를 보내고 있지 않은가. 먹는 일과 자는
일 외에는 아무것도 하지 않고서 말이다.

시간은 생각보다 빠르다. 이제 보니 시간은 점이나 선
으로 흐르는 것이 아니라 아예 한 뭉치, 한 달 단위로 흐
르는 것만 같다.

개리 스나이더는 그래서 이 순간은 모이고 모여 나중
에는 오랜 과거가 되는 것이라고 했었다. 파블로 네루다
는 우리 모두가 삶의 마지막 순간에 기억하는 것은 단 하
나, 자신의 인생사뿐이라고 했다. 살아갈수록 점점 더 두
시인의 말을 알 것 같다.

나는 지금껏 나의 가족들, 친구들, 동료들 등등의 사람

들과 함께 울며 웃으며 살아왔지만 정작 나를 제외한 그
모든 사람들은 타인들이다. 서로 협력하고 배려하며 살
수는 있지만 내 인생에 대해, 내가 지나 온 역사를 다 기
억하고 있는 것은 나 자신뿐이다.

그래서 〈죽은 시인의 사회〉에서 스승이 제자들을 처
음 만난 날, 학교의 역사관에 남겨진 선배들의 사진을 보
여 주며 던진 질문의 의미는 아주 중요했던 것이다. '우리
들 각자는 앞으로 어떤 인생을 살게 될까. 자신의 인생을
어떻게 만들어 갈까. 각자 앞으로 어떤 한 편의 시를 만
들게 될까' 하는 질문 말이다.

10월을 보내며, 11월을 기다리며, 나는 여전히 내가 실
천하지 못했던 계획서를 고치고 고치며, 다시 한 번 더
시도해 보겠노라고 다짐하던 그때의 모습 그대로 살고
있다는 것을 알았다. 다만 지금의 시행착오는 시험이나
성적 때문이 아니며, 그때보다 조금 더 융통성이 있을 정
도로는 달라져 있다.

호박이 가득했던 핼러윈의 달이 가고, 추수감사의 달
이 온다. 가을 달이 가고 더 깊은 가을이 온다.

완벽하지 않아도 계획은 계속되어야 한다.

나의 계획은 계속되어야 한다.

"Life is going on as always."

왓슨빌

비바람 치는 날에도 등대는…

✦　　세상 모든 것들이 다 제 몫을 하고 살면 얼마나 좋을까. 일명 80대 20 법칙이 존재하듯이, 적당히 묻어 가는 사람이 반 이상인 곳들이 우리 주변에는 여전히 많다. '일당백'으로 꼭 필요한 사람도 있지만 없는 게 차라리 나은 편인 사람들도 꽤 많아 보이는 세상. 이곳이나 저곳이나 다를 바 없나 보다.

추수감사절이 있던 11월 마지막 주, 캘리포니아 북부 지역은 3박 4일에 걸쳐 비가 오고 바람이 불었다. 마치 한국의 여름철 폭우와도 같은 비가 며칠째 내리는 것을 보고 있자니, 날씨 좋은 지역이라는 말이 정말 무색하게 도로는 빗물로 토사들이 흘러내렸고, 나무로 만든 집들은 지붕에서 벽에서 물이 새거나 스며드는 곳도 여럿 있었다.

비바람이 치던 바다가 잔잔해진 어느 밤, 해변가 쪽을

돌아 집으로 왔다. 태평양의 파도는 당연히 그 소리도 우렁차서 파도 소리가 아주 멀리서부터 들려오고, 바다는 칠흑같이 어두웠다. 파도가 어디쯤 왔는지는 오직 하얀 포말이 이동하는 모양만으로 가늠할 수 있을 뿐이었다. 가끔은 물과 불이 세상에서 가장 무서운 존재가 아닐까 생각해 보곤 했는데, 어둠 속에서 천둥같이 울리는 파도 소리는, 무서울 정도였다.

연휴 끝, 사람도 뜸한 한밤중이라 은근히 무서웠는데 눈앞에서 초록색 불빛이 반짝였다. 깜빡. 깜빡.

며칠 전에 산책을 나왔다가 본 등대가 있던 위치였다. 낮에 보았을 때는 그저 누구누구를 기념하기 위해 세운 기념비 정도로 보였는데, 한밤중에 보니 바다와 대륙 사이에 우뚝 선 이정표인 것만 같다.

멀리 등대를 등지고, 파도는 내 코앞까지 순식간에 밀려왔다 나간다. 등대가 깜빡, 깜빡, 제 위치를 알려준 그 순간 이후, 이상하게도 어둠 속에서 갑자기 나타난 파도가 무섭지 않았다. 이제 내가 있는 곳이 어디인지를 알 것 같았고, 최소한 내가 지금 육지에 발을 딛고 있다는 안도감도 들었다.

왓슨빌

『위대한 개츠비』에서 등대의 초록 불빛은 유럽에서 아메리카로, 동부에서 서부로 길을 떠난 사람들과 데이지처럼 이미 떠나 버린 옛 연인을 기다리는 개츠비의 희망을 상징한다. 그것은 누군가에게는 헛된, 또 누군가에게는 허황된, 누군가에게는 결코 이루어지지 못하는 '미국의 꿈'들이지만, 그러나 언제든 어디에든 초록 불을 깜빡이며 희망의 상징이 되어 줄 등대는 존재해야만 하는 것 같다.

달이 검은 구름 속에 가려 아무것도 보이지 않던 밤에도, 등대는 제 할 일을 하고 있었다.

금의환향이 아니더라도, 백만장자가 되지 못하더라도, 자신의 일을 묵묵히 해 나가는 등대 같은 사람들 덕에, 세상은 그래도 나아져 간다. 오늘을 묵묵히 살아내는 사람들에게 늘 희망이 있으라, 기도해 본다.

경제학에서도, 우리네 인생 속에서도 일명 80대 20의 법칙이 어쩔 수 없이 통하는 세상이지만, 더 열심히 사는 20퍼센트의 사람들에게 삶의 소소한 행복과 기쁨의 순간들이 그들이 받는 월급의 가치보다 더 많이 돌아가길 바란다.

잦은 이시의 기억들

✦　　차고 위에 있는 작은 방에 이사 온 지 이제 어언 석 달이 되어 간다. 늦은 여름에 왔는데 이제 곧 겨울이다. 여름 태양처럼 밝은 희망과 기대와 설렘을 가지고 왔었는데, 지금은 한겨울 바람처럼 춥고 배가 고프다.

추수감사절을 전후로 이곳도 연말 분위기가 되어 가고 있다. 일주일 내내 날도 차고 비도 와서인지 풍경은 어느새 한겨울이다. 집집마다 눈사람이며 트리가 장식되기 시작했고, 마트에서도 라디오에서도 캐럴만 들리기 시작했다. 이런 분위기에서는 으레 그렇듯 금세 센티멘털해진다.

한 계절을 보내면서 돌아보니, 나는 남들이 자리를 잡고 안정적인 생활을 시작할 무렵부터 자의로도 타의로도 이사를 자주 다녔다는 걸 알게 됐다.

첫 직장에서 근무한 지 일 년여쯤 지났을 때 근무 시

간이 바뀌어 아침 6시면 출근을 해야 했다. 출퇴근하기 위해 직장 옆 친구네 집에 세 들어 살았다. 두 번째 직장이 된 학교에서는 남동생과 같이 살기 위해 작은 아파트에 머문 적이 있는데, 그곳으로 이사하기 전까지 기숙사에서 몇 년을 지낸 후 학교 앞 원룸에, 그리고 근무하는 학교에 사시는 교수님의 아파트에 몇 달 신세를 졌었다. 이후에는 일 년간 연구년으로 집을 비우게 된 또 다른 교수님의 집을 관리해 주는 명목으로 이사를 했었다.

대학원 공부를 다시 하면서는 부모님의 집과 학교 근처 숙소를 오가며 생활했다. 수업이나 공부를 위해서도, 기간제 교사 등으로 일했던 학교들과 가까운 숙소가 하나 필요했다. 학생이자 기간제 교사로 월세를 내는 일이 조금은 버겁기도 했지만, 마음 편하게 몸을 누일 공간은 언제든 필요한 법. 밤늦은 시간에 혼자일 때는 약간은 무섭기도 하고 외롭기도 했지만, 지나고 보니 아주 자유로운 공간에서 나만의 시간을 만끽했던 것 같다.

미국으로 오기 전 10여 년간의 이사 기록을 더듬어보니 족히 열 번은 되겠다. 결론부터 적어 보면 보증금과 월세를 생각하고, 체력과 상황을 고려했을 때 당시로서는 대부분은 어쩔 수 없는 월세살이였다.

2019년에는 아예 지방에서 서울까지 주에 세 번쯤 기차 등으로 통근을 해 버렸다. 서울에서도 강의가 있고 지방에서도 수업을 해야 하니 어쩔 수 없었다. 월세는 들지 않았지만 몸이 천근만근 무거웠고 오가는 시간이 길다 보니 다른 일을 할 여유는 그만큼 줄었다.

2017년과 2018년에도 지방에서 서울을 오갔지만 당시에는 서울에 숙소가 있었다. 강의 준비 등으로 작업도 해야 하고 수업 시간을 맞추기가 어려워 늦은 밤 기차를 타고 서울에서 자고 다음 날 아침 수업을 가는 식으로 숙소를 이용했다.

2017년에는 남동생네가 내가 살던 작은 집으로 이사 오게 되면서 남아 있던 짐 정리를 해 주었다. 대신 엄마가 계신 동네의 외할머니 집을 간단하게 손보고 정리해서 그곳에 책과 짐을 풀었다. 2016년에는 외할머니가 그곳에 살고 계시던 중이었고 나는 가까운 다른 지역에 작은 숙소를 얻어 반년쯤 지냈었다. 친구가 소개해 준 곳이었고 엄마 집, 외할머니댁, 내가 다니던 학교 등과도 가까운 곳이어서 편했다. 월세와 보증금은 원룸보다는 높았으나 거의 새 집이었다.

2015년에도 이사를 했다. 어쩔 수 없는 상황인 것은 맞지만 누가 보면 참 이상한 선택이었을 것이다. 논문 통과와 졸업을 앞두고 있었고 해외 학회에 참석해야 하는 상황이기도 했는데 살고 있던 학교 앞 숙소는 계약 기간이 끝나가고 있었다. 엄마 집은 내 짐이 들어갈 만한 상황도 아니었다. 또 나는, 직장에 일하기 시작하면서 어느 정도는 독립을 한 셈이 되어서 다시 집으로 들어가기도 애매한 상황에 늘 놓여 있었다. 숙소의 계약은 종료되는데 나는 목돈이 필요했고 졸업 논문을 준비한다고 강의를 줄인 탓에 한 학교에만 출강을 하던 차였다.

나는 웬만하면 빚을 지는 일보다는 가지고 있는 자산을 정리해서 살아가는 방식을 택하는 편이었는데, 이때는 타던 차를 팔고 살고 있던 집을 월세로 주고, 나는 근처의 원룸으로 짐을 옮겨 논문 준비를 하고 해외 발표 준비도 했었다. 그리고 이때, 가지고 있던 가구와 책 등을 친한 친구에게 모두 넘겼다. 최소한의 짐과 옷만 챙겨서 원룸으로 옮겨 왔고 여기에서 일 년여를 살았던 것 같다.

2014년은 남동생이 지금 살고 있는 작은 아파트에 처음

입주했던 해이다. 강의를 위해 오가던 지역과는 차로 30분 정도 거리이고, 기숙사나 원룸보다는 안전한 점이 좋았다. 이 집에 이사를 하면서 몇 개의 가구들이 생겼고 내 생애 첫 집이나 마찬가지여서 이 집엔 애정이 갔다.

2012년과 2013년에도 한 번씩 이사를 해야 했다. 집과 가까운 곳에서 번듯한 직장에 다녔더라면 이렇게 복잡하고 번거롭게 이사를 다니지 않아도 되었을 텐데, 학교 기숙사는 학기별로 입사가 결정되었고 동생이 내가 근무하던 대학교로 편입해 와서 2년여를 다니게 되었으니 이사는 거의 불가피한 상황이 되기도 했다.

잦은 이사로 인해 심신이 피곤해지고 지친 적은 없다. 오히려 혼자서도 이사 준비를 하는 법을 터득한 것 같다. 신기하게도 짐을 점점 줄일 수 있었고 아주 단순하게 생활하는 법을 몸에 익힌 것 같다. 그런데 누가 보면, 무슨 공사장에 일하는 사람 같은 인상을 주었을지도 모르겠다. 여성의 방인 것은 분명해 보이는데, 가구도 단출하고 짐은 옷과 책가지가 전부이니 말이다.

내가 인정할 수밖에 없는 한 가지는, 나는 그동안 변변한 집 없이 십여 년간 월세살이를 해 왔다는 사실이다.

비정규직이나 강사라고 해서 모두가 이사를 자주 다니는 것은 아니니 결국 나의 이사의 역사는 자의 반, 타의 반이라고밖에 할 수 없다. 그리고 이 과정에서 자연스럽게 한 개인의 사생활은 노출되고 만다. 내가 대학에서 직원이었고, 강사였으며, 대학원생이었고, 학교의 기간제 교사이기도 했고, 남동생이 있으며, 미혼일 것이라는 추측 등이 가능해지지 않는가.

한 개인의 역사는 그가 자신의 이야기를 담담하고 솔직하게 풀어놓기로 마음먹은 한 결국 그가 누구인지를 추측할 수 있는 단서가 된다. 찬바람이 부는 11월의 오후, 남의 집 차고 위에서 살고 있는 내 인생이, 10년 전에 비해 별반 나아지지 않은 것 같아서 슬프다.

내가 이사했던 집들은 지금 모두 잘 있을까. 내가 가장 치열하게 살았던 시간들이 그 집들에 남아 있는데.

아아, 가을바람은 차고 날은 어두워진다. 바꿀 수 없는 과거와 현실을 한탄만 하기에는 갈 길이 멀다.

왓슨빌

참 피곤히게도 사는 사람들

✦　　언제부터인가 나는 단순한 인간관계가 좋아졌다. 몸이 무거워지면서부터인지 아니면 머리가 가벼워지면서부터인지는 확실치 않다.

몸이 무거워졌다는 것은, 이런저런 인간관계를 생각하고 챙기고, 그러는 동시에 '그들에게 나는 좋은 인상이어야 한다'라거나 '내가 더 좋은 일, 좋은 역할을 해야 한다'라거나 하는 은근한 경쟁심이나 비교 습성 또는 나도 모르게 내 안에서 무슨무슨 콤플렉스 같은 것이 작용하던 것들이 귀찮아지고 무의미하다는 것을 안 순간부터 긴장이 풀려서였을 것이다. 아니면 정말로 살이 찌기 시작하면서 움직이는 일이 귀찮아서였을 수도 있다.

머리가 가벼워지면서부터라는 것은, 그것이 무엇 때문이었는지 나는 알고 있지만, 세상만사 인간사가 그리 무겁게 다룰 일만은 아니라는 것을 '알아 버리고' 난 후부터였을 것이다. 타고난 기질이 남들을 먼저 생각하고 배려하는 편이어서 양보한 것을 관대한 것이라고 나 스스로 착각하고 살아온 것일 수도 있다는 것을 느껴버리고 난 후, 나는 인간관계에 한없이 가벼운 마음으로 임하게 되고 말았다.

주변에는 물론, 모든 일들에 관심 혹은 간섭을 일삼고, 모임이나 행사에는 단연 앞자리에서 돋보여야 하는 가족이나 친구들이 있긴 하다. 대부분의 선택은 그들이 원하는 방향으로 결국 흘러가기도 한다. 예를 들어, 아주 사소하게 나눠 먹을 아이스크림을 두 종류 중에 하나만 선택해야 하는 상황에서도, 결국 고집 센 쪽의 논리에 져줘야만 평화가 유지되는 상황 말이다.

최근에 관찰하고 있는 어떤 이들을 보면서 나는 마치 십여 년 전의 내 모습, 사실은 나만 아는 내 콤플렉스를 거울을 통해 보는 듯한 느낌을 받는다. 물론 아주 극적으로 표현했을 때 예전의 내 모습과 유사한 것이고, 사실 나는 고집이 세다는 말은 들어 본 적이 없으므로 실상은 지금 나의 피사체와 나는 조금은 달랐을 것이다. 일단은, 과거의 나를 반성하는 차원에서 비슷한 선상에 놓고 보자.

나는 언젠가 친구들에게서 그런 말을 들은 적이 있다.

"모든 사람들에게 너무 친절할 필요는 없는 것 같다. 너무 잘해 주려 하지 마라." 이때의 나는 애정 결핍에 가까울 정도로 따뜻함을 그리워하던 아이였다. 그것은 당연히 어린 시절의 불우한 환경과도 관련이 있다. 나는 부모와 가족들 대신, 학교 선생님이나 친구들에게서 착하고 바른 아이라는 말을 곧잘 들으며 성장했고, 사실 딱히 누구에게도 나쁜 마음으로 선행한 적은 없었다.

그러나 모든 착한 행동들이 칭찬받는 것은 아니었다. 어떤 경우는 내 것을 양보하고 친구에게 모든 것을 줘 버리는 일들도 많았고 — 물론, 욕심을 버릴 때 더 큰 것이 돌아오는 경우도 참 많다 — 나 대신 필요한 사람에게 내 물건을 준 일도 많았다. 나중에서야 생각하니, 굳이 내가 나서지 않아도 될 상황인 경우도 있었던 것 같다. 물론 대부분은 자신의 것을 먼저 챙기는 사람들이 많았지만. 나는 칭찬을 들으려는 욕심이 있었다기보단 욕을 먹는 것이 싫어서 그랬던 것 같다.

내 것을 양보한다고 모든 일에서 실패하거나 덜 가지게 되는 것은 아니므로, 결론적으로는 나는 아직도 나누고 배려하고 친절한 편이 당연히 좋다고 생각한다.

그런데 최근에 나는, 나의 성격 중 나쁜 면이 어떤 모습이었는가를 객관적으로 바라보고 있다. 모두에게 친절한데 이상하게도 그 친절이 부담스러운 상황. 아마도 인간이어서 느낄 수 있는 '뒤끝 있는 친절'을 경험하고 있어서인지 모르겠다.

예를 들면, 자신의 몫은 먼저 챙겨 두고 다른 사람들 챙기는 모습은 경우에 따라 상황에 따라 자연스러운 일이다. 그런데 타인들 앞에서 '나는 내 몫 대신에 굳이 너를 위해 이 음식을 준비했노라'는 뉘앙스를 풍긴다면 진정성을 믿기가 모호해진다. 모든 일은 그 자신이 아니라 타인을 위한 배려에서 비롯되었고 항상 양보만 하며 살아왔다는 것을 말로 강조하는 것이 몸에 밴 사람들을 보는 것이 나는 조금 불편하다. 알고 보니 자신의 것은 이미 먼저 이리저리 챙긴 뒤인데도 나서서 희생한 양 늘 자화자찬이다.

작은 행동 하나에도 호의를 받는 것이 부담스러워지고 맛있는 음식을 먹으면서도 뒤이어 나올 말들이 머릿속에 그려진다. 타인들에게 자신이 베푼 호의를 반드시 말을 해야 속이 풀리는 습관이 만들어 낸 성격이 사실은 부담스럽다.

내가 본 어떤 가족의 실제 상황과 가족 중 한 사람에게 들은 말은 조금 달랐던 것이 발단이었던 것 같다. 이 남성은, 모든 가족은 자신이 부양하고 있으며 주변의 사람들이 자신의 도움을 받지 않은 적이 없다며, 그를 제외한 다른 사람들은 자신의 희생으로 오늘까지 잘 살아왔다고 말했다. 출근이 매일 늦은 이유는 아기가 잠을 설쳐 새벽에 일어나야 했기 때문이며, 병원에 계신 친척을 문안 가야 했기 때문이며, 고기 반찬은 절대 자신이 먹고 싶어서가 아니라 가족들을 위해 먹는 것이라는 해명과 핑계와 뒷담화와 논리들. 그의 출근 시간은 보통 오후 1시인데, 그는 이런 일, 저런 일을 모두 해야 하기 때문에 거의 매일 출근 시간을 넘겨 일터에 도착했다.

내가 봐서는 좀 이상한 이 사람은 그런데, 자신이 하고 싶은 일, 먹고 싶은 것은 모두 다 하며 살아가지만 절대 자신을 위해서는 아무것도 한 적도, 먹은 적도 없다고 말하곤 한다. 실은 하고 싶은 것을 하고 살아 본 적이 없다는 피해의식이 크다. 어린 시절 엄마가 둘째인 자신에게 사랑을 덜 주어 상처를 주었고 지금도 엄마가 자신을 가장 미워한다고 생각하는 모습은 다소 위험해 보일 정도이다. 그는 이 이야기를 자신의 엄마와 동생을 제외한 모든 사람에게 다 고백한 것 같았다.

실상은 절대 그렇지 않아 보인다. 30대 이후 몸이 안 좋아져 몇 번 병원에 실려 간 적이 있다 보니 가족들은 그의 건강을 걱정하느라 늘상 음식 등을 조심시킨다. 불필요한 칼로리 섭취보다 운동을 권유하지만 생각이 다르다 보니 엄마와 동생의 말은 잔소리로 들렸을 것이다. 결혼에 한 번 실패했던 사실 때문에 한동안 예민해져 있으니 가족들은 모두 그의 앞에서 조심스러웠다. 그런 그에게 부모는 살던 집의 명의를 바꿔 주었고, 수십 년 운영해 자리를 잡은 가게도 넘겨주었다.

어쩌면 낮은 자존감과 어릴 적 트라우마의 잔재가 여전히 그의 사고를 지배하고 있을지도 모른다. 어엿한 가정을 이루고 나서도 누군가에게 자신의 엄마와 동생이 어린 시절 어땠는가에 대해 여전히 어린아이의 마음으로 말할 수밖에 없는 사람. 누군가 자신의 말을 들어줄 만한 사람에게 자신의 경제력과 더불어 과거의 영웅담을 강조할 수밖에 없는 사람.

나는 그 사람이 아주 따뜻한 친구를 만나 어린 시절의

싱치를 치유받고, 아주 객관적으로 자신의 모습을 바라보는 시간을 가졌으면 좋겠다.

첫 직장에서 심각한 우울증과 자격지심, 갖가지 스트레스 등으로 모든 상황에 울렁증이 일 뻔했던 나의 경우를 생각하면 사실 아주 부끄러워진다.

나도 그때 모든 사람과 모든 상황이 불만족스러웠던 것 같다. 좀 더 생산적으로 생각하고 준비했어야 하는 상황에서 직장 동료들과 서로 시기하고 다투느라 은근한 당파 싸움에도 끼고 말았었다.

세상을 바꾸려면 내가 환경을 바꾸는 방법이 가장 좋다는 것을 아는 지금은, 두 가지 선택이 가능하다. 내가 이곳에서 벗어나거나, 벗어나지 않는다면 내가 지금 아주 단순한 인간관계만으로 살아가고 있고 그것을 지향하는 만큼, 일희일비하지 않으며 다른 사람의 유도신문과 말과 행동에 휘둘리지 않아야 한다.

결론은, 내가 어떤 사람이든 어떤 사람을 만나든, 서로 너무 피곤하게는 하지 말자는 것이다. 에너지가 너무 많이 드는 관계는 어렵게 지속하지 말자. 콤플렉스 같은 것은 던져 버리고, 가볍게 살자. 가볍게 가자.

캘리포니아, 그 햇살의 배신

클래식 카를 소유한 사람들이 자신의 차를 자랑도 하고 판매도 할 수 있는 기회가 매년 산타크루즈 해변에서 열린단다. 영화에서나 보았던 차들을 구경하는 재미가 있었으나, 더웠다.

밤은 빨리 찾아온다. 자동차가 전시되었던 주차장은 밤이 되자 달이 선명하게 보이고 눈은 시원하지만 해가 진 뒤에는 살을 에는 추위에 두꺼운 옷이 필요하다.

어릴 적 믹었던 캘리포니아 건포도는 내가 기억하는 한, 내가 아는, 거의 유일한 이국적인 인상의 간식이었다. 그때는 캘리포니아라는 것이 그저 무슨 상표이겠거니 했을 것이다.

좀 더 자라서 미국의 주 이름 중 하나로 캘리포니아를 알게 되었을 때에도, 왜 그랬는지는 모르겠지만, 그때 그 건포도의 상표를 떠올릴 생각은 못했다. 전혀 별개의 이름으로 알고 있었던 바보.

작년 여름에 캘리포니아에서 여름을 보낼 예정이라고 지인에게 말했을 때, 그는 "아, 캘리포니아의 햇살!" 하면서, 그 태양 아래에서 여름을 보내게 된 것이 부럽다고 했다. 아차. 그때야 머릿속에서 떠오른 건포도. 어릴 적에 들었던 캘리포니아, 그곳이 바로 미국의 주이면서 건포도가 많이 나며 금광이 발견되어 한때 서부로, 서부로 사람들을 이동시켰던 그 꿈의 지역, 연중 해가 많이 나는 곳, 로스앤젤레스나 샌프란시스코가 속해 있는 곳… 이었구나.

이렇게 멍청할 수가. 이 단순한 연상이 그동안 왜 작동하지 않았을까. 먹는 것과 지리와 역사를 한 번에 떠올리지 못하고 있었다니 갑자기 초등생보다도 못한 바보가 된 느낌이었다.

포도는 햇살이 좋은 곳에서 잘 자라니 당연히 캘리포니아 건포도는 그 햇살을 받아 자란 것들이었을 거다. 실제로 이곳은 내가 상상했던 화려한 현대적인 도시이기보다는 노동력이 자본이 된 농업 중심의 지역이었다. 샌프란시스코 등의 큰 도시들이 몇 개의 유명한 관광지로 사람들을 끌어모으고는 있지만, 그 외의 지역들은 모두 딸기나 포도, 오렌지 등 농작물로 먹고살고 있단다.

그러면 자연스럽게 이해가 간다. 멕시코 사람들이 미국에 들어와 우선 닭 공장이나 딸기 밭에 취직해 돈을 번다더니 그게 왜 그런지도 알 것 같다. 존 스타인벡의 소설에서 나오는 살리나스 주변 지역의 이미지나 관광객들에게는 몬트레이 해변가로 유명한 캐너리 로(Cannery Row)의 이야기들이 모두 농장, 공장 등의 일꾼들의 이야기일 수밖에 없었던 이유를.

캘리포니아는 그 햇살 때문에 지금처럼 미국 내에서도 가장 부유한 주가 된 것이다. 바다가 접해 있으나 태평양의 바람을 햇살이 걸러내어 말려 주니 습하지 않았고, 땅은 넓고 건소해 농작물이 자라기 좋고, 사계절은 있으나 일 년 내내 농사를 지을 수도 있는 조건이라 생산량도 그만큼 많고. 거기에 19세기 중반에는 금이 발견되면서 또한 번 주목을 받았으니 천사가 축복한 지역이며, 많은 성인들이 살았을 만한 곳이다.

그런데 말이다. 캘리포니아의 햇살은 절대 만만하지 않다. 나는 미국에서 살면서 한국에서 활동하는 사람들이나 미국에 이민 간 세대들의 1.5세, 2세들을 보면, 굳이 그들이 "나는 미쿡에서, 특히 로스앤젤레스에서 왔다"라고 말하지 않아도 까무잡잡하고 서글한 표정에서 '왠지 미쿡 서부에서 살다 왔을 것 같다'라는 느낌적인 느낌이 있었다. 신기하게도 대부분은 그러했는데 그 이유를 이제야 알 것 같다. 캘리포니아의 따가운 햇살에 피부는 그을릴 수밖에 없는 것이다(아, 물론, 백인은 왜 계속 하얀지, 흑인들은 왜 더 까매지지 않는지는 이것으로 다 설명할 수는 없지만).

문제는 따가운 햇살이 내가 생각한 것 이상이었다는 데 있다. 한국에서도 선블록도 잘 바르지 않고 다녀서 까무잡잡한 피부색이었던 터라 피부가 하얘질 것이라는 기대는 아예 없었다. 그런데 내가 생각했던 것보다 햇살은 너무 강해서 눈에서 눈물이 흐를 정도로 눈이 부시고 불편했으며 선글라스를 끼지 않으면 안 될 정도였다.

이미 이곳에 오래 살아서 적응이 된 사람들은 자연스럽게 선글라스를 끼고 다니고 백인들은 적당히 살을 드러내고 다니지만, 몸이 따가울 정도로 햇살을 몇 번 쬐고 나니 너무 불편했다. 이곳에 살면서 고운 피부를 그대로 유지한 한국 여성들은 도대체 얼마나 선블록을 칠하고 얼마나 모자를 둘러쓰고 다녔단 말인가.

이변은 또 있었다. 캘리포니아의 한낮은 보통 36℃, 어떤 날은 40℃에 가까워질 정도로 더운 날이 많았다. 그런데 햇살이 강해 습하지 않고 오히려 건조하다 보니 그런 느낌을 못 받기도 했다. 그런데 아뿔싸. 가을이 되면서 낮과 밤의 기온차가 심하게 나기 시작했다. 새벽에는 영하로 내려갔다가 한낮이면 다시 무더위. 해가 지고 나면 찬바람이 불었는데 습한 기운이 없다 보니, 이건 마치 맨몸으로 땅바닥 위에 서 있는 것처럼 살을 에는 추위가 급습해 버리는 것이었다.

낮에는 햇볕 때문에 후드 티 모자를 덮어쓰고 다니던 사람들은 오후가 되면 한겨울 점퍼를 입고 다녔다. 미국이 마치 자유로운 개인의 표현이 존중되어서 겨울옷, 여름옷 할 것 없이 자기가 추우면 겨울옷을, 더우면 여름옷을 입는다고들 했지만, 실상은 그렇지 않았다. 낮은 한여름처럼 더워서 일 년 내내 서핑(Surfing)이 가능할 정도이지만, 저녁이 되면 한기가 느껴질 정도로 추워서 한겨울 차림이 필요해진다.

물론 익숙해진 사람들, 건강한 사람들은 어디서나 한겨울에도 반팔 차림을 하고 다니지만, 따뜻하고 날 좋은 여름날만 일 년 내내 있을 거라고 생각했던 나는 배신감마저 느낀다.

그런데 생각해 보면, 실은 아무도 나에게 캘리포니아가 여름만 있는 곳이라고 말해 준 적은 없다. 여름옷과 가벼운 긴팔 정도로 가을과 겨울을 날 수 있을 것이라고 생각하고 온 내가 바보였다. 간단한 검색만으로도 짐을 제대로 챙길 수 있었을 텐데, 가끔은 너무나 믿고 있어서, 너무나 당연한 상식이라고 여겨서 난감해지는 때가 있는 것 같다.

아, 추워 죽겠다. 캘리포니아 햇살, 이 배신자.

왓슨빌

생각은 느려지고 시간은 빨리 가는 11월

✦　　가을하늘은 종종 스산하고 을씨년스럽다. 편의점에는 신선한 도넛들이 그득하고 멕시칸 마트는 영업 종료 시간을 11시에서 10시로 당겼다. 하늘이 맑아진 오후에는 풀꽃이 보이고 오래된 차 옆 보도블록을 따라 풀꽃잎이 길을 튼다. 새하얀 병원 건물 앞 나무에서는 잎들이 우수수 떨어져 있다.

얼마 전에 "11월이구나!" 했던 것 같은데 벌써 중반을 넘어섰다. 캘리포니아 북부 지역은 일주일 정도는 오전 내내, 그리고 오후부터 밤 내내 짙은 안개가 가득했다. 구름 낀 하늘이라고 보기에는 몸에 스치는 기운이 무척 찼다. 마치 작은 물방울들이 허공에 가득 찬 것처럼.

큰 건물이 없는 동네라서 길을 나서면 멀리 산등성이, 그리고 저 멀리 태평양으로 이어지는 해변이 보일 정도인데, 요새 꽤 하늘이 답답했다. 상상하기 어려울 정도로 안개가 자욱한 채 오전이 지나갔고, 또 오후 4시가 넘으면 다시 부옇게 시야가 흐려졌다.

한국에서라면 소나기가 한 번 쏟아지면 맑아질 하늘이었는데 그런 기운은 없었는지 흐리다 말다 자욱하다 말다를 며칠 반복한 것 같다. 언젠가 새벽녘에 호남고속도로 주암쯤, 그리고 남원을 지난 어느 지역을 지나면서 보았던 새벽안개가 생각났다. 앞 차들이 안 보일 정도로 뿌연 상태에서 운전을 하는 일은 좀 위험했다. 운전대를 두 손을 꼭 잡고 비상등을 켜고 눈을 크게 떴었는데….

이곳 안개도 그때 그만큼은 되는 것 같다. 단지 고속도로 주변으로 주택가나 건물이 없고 해서 직진만 하면 된다는 생각으로, 그리고 바다와 접해 있어서 으레 아침저녁으로 안개가 끼었다가 사라지기도 해서 보통은 일상적인 일이라 생각하고 보아 넘기지만.

생각이 느려진다. 당장 해내야 하는 프로젝트도 채점해야 할 시험지도 손에 없다 보니 심심해서인가. 나는 늘, 집에서 일에 대해 생각하지 않아도 되는 일을 하고 싶었었다. 그냥 사무실이나 회사를 나서면 더 이상 일은 생각하지 않아도 되는 직장, 보통은 몸을 쓰는 일이 그럴 것이고 기기나 도구가 필요한 일들이 그런 것이다.

그동안 내가 해 온 일들은 집에서든 밖에서든 일단 생각을 먼저 하고 그것들을 정리하고 검토하고 추진하고 써내는 일들이 대부분이었다. 일이 밀리면 집으로 가져가서 저녁에 해결하고 다음 날은 다른 일을 추진하는 식이었다. 나와 같은 일을 하는 사람들이 모두 그런 것은 아닌데 나는 아마도 비어 있는 시간 동안에 손에서 뭐든 놓지 않아야 하는 습관이 죽 들어 있었던 것 같다.

두어 달 동안, 그런 일과는 담을 쌓고 지내고 있다. 좋은 점도 있지만 그렇지 않은 점도 발견한다. 출퇴근이 정확해서 좋은 직업을 가진 사람들은 집이나 주말에 하는 일들은 취미로 분류될 텐데, 나는 지금 내 집도 아닌 곳에서 지내고 있어서인지 요상하게도 집에 있는 시간이 아주 편하지는 않다. 움직일 수 있는 개인 공간이 한 평 남짓이고, 나머지는 공용 공간이나 마찬가지다.

지도 교수에게서 간만에 연락이 왔다. 끈끈한 사제지간이라기보다는 보통 '애증의 관계'라고 말해야 속편할 텐데, 사실 나에게는 그렇지도 않다. 두어 분의 교수님들이 좋은 스승이 되어 주고 계셔서 늘 든든한데, 특이한 것은 우리 모두 서로를 학교에서의 관계만으로 생각하지는 않는다는 것이다. 연구에서 멀어져 느릿느릿 11월 날씨가 이렇구나 저렇구나 생각하고 있는 이 순간에 지도 교수에게서 연락을 받으니 '아, 내가 나태해져 있었구나'. 잠이 확 깬다. 후배들의 논문에 대한 코멘트를 의뢰받을 때면 더욱 그렇다.

우리 모두에게는 삶의 속도의 끈을 놓아 버리지 않게 하는 경종 같은 것들이 있어야겠다. 특히 나처럼, 일할 때는 다른 모든 것을 잊고 집중했다가 쉬는 날이면 종일 '소파 위의 늘어진 감자'꼴이 되고 마는 사람이면 더욱 그래야겠다.

일거리가 생겨서 좋기도 한데 또 놀다가 일하려니 머리가 돌아가려나 모르겠다. 기계도 굴려야 길이 드는 법. 생각은 느려지고 둔해져 11월을 절반이나 보냈다는 생각에 스스로 반성해 본다.

불편한, 장미의 나날들

✤   11월에는 거의 매일 꽃과 케이크가 집 안에 가득하다.

첫 주에는 같이 사는 아기의 한 살 생일을 교회에서 축하해 준다 하여 꽃과 케이크를 샀다. 둘째 주에는 그 아이의 실제 생일을 집에서 축하하게 되어 꽃과 케이크를 샀다. 그리고 같은 주에 그 아이 엄마의 생일도 있어서 꽃과 케이크를 샀다.

그 아이의 가족들이 모두 모여 생일 파티를 끝낸 다음 날에는 이웃에 사는 한국인 가족들이 따로 초대되어 온다고 하여 꽃을 준비하고 케이크를 남겨 두었다.

생일은 서양에서는 한 살 나이를 더 먹는 날이라 중요하다. 대부분 한 달 단위로 자신의 생일을 계산하고 말한다. 영어권 문화를 처음 처음 접할 때에는 미국식 생일은 한 해 늦게, 만으로 계산되는 것인 줄 알았다. 스무 살이 넘어서면서는 아마도 한 살씩을 적게 먹을 수 있는 서양의 나이 계산이 더 좋아 보이기도 했던 것 같다. 나와 같은 나이의 한국인 한 사람은, 내가 양력 7월생이고 그가 11월생이므로 동갑이 아니라고 했다. 3개월 차이는 같은 나이가 될 수 없다며.

생일, 생일, 생일을 보내고 나니 벌써 다음 주면 11월 중순이다. 재밌는 것은 그 모든 꽃과 케이크들이 모두 한 사람의 생일을 위해 준비된 것들이었다는 것. 어떤 이들은 자신의 생일 혹은 아이의 생일이, 몇 달 전부터 신경 쓰고 준비하고 알려야 할 만큼 그 어떤 날보다 중요한 모양이었다.

꽃과 케이크가 한가득 차려져 있는 동안에 아이 엄마의 생일도 있었다. 아이 엄마는 한국에 사는 조카에게도 생일 축하를 받고 싶다며 보챘다. 너는 고모의 생일이 지나가는 것도 모르느냐며. 한국과 미국은 17시간이라는 시간차로 인해 거의 하루 차이가 나는데 한국 날짜 생일날 시간에 맞춰 축하를 안 해 줬다는 이유로 남편에게도 서운해했다. 이곳으로 이주한 지 오래된 사람들이지만, 그 외의 모든 것들은 한국식인 셈이다. (상황이 그렇게 되기는 했지만) 한 살 아이의 생일을 한국 시간에 맞춰 돌잔치로 치렀으니.

아, 당연히 선물은 돌반지들이었다. 오히려 한국에서는 줄어들고 있는 돌잔치 문화를 여기서 접했다. 함께 이민 온 1세대 친척들을 초대했는데 초대하고도 한다는 말이, '집안 행사 아니면 볼 일이 없는 친척 관계'라나. 좋은 마음으로 초대하고, 좋은 마음으로 응할 수는 없는가. 아무 말도 못 할 입장이면서도 나는 속으로 이런 생각을 해 보기도 했다.

좋기도 하고 좋지 않기도 한 문화. 맘에 안 든다면서 필요하면 귀에 걸고 코에 걸고… 미국식, 한국식이 왔다 갔다한다. 편한 세상이다.

내가 좋으면 내 식대로 한다는 생각보다는 좀 더 합리적이고 현명한 가족 문화를 만들어 볼 수는 없는가. (물론 모두들 각자 다른 방식으로 변화를 구상해 가고 있을 것이라 믿는다. 각자 처한 입장에 따라 49:51의 선택으로 만들어지는 결과들이 차곡차곡 쌓여 그 분위기를 만들어 왔을 뿐이라고 믿겠다.) 하긴, 엄밀히 말하면 나는 감을 달라, 배를 달라 할 입장은 아니긴 하다. 남의 일에 혼자 생각이 많다.

한편, 이러는 사이 한국에서는 엄마가 어깨 수술을 해야 해서 병원에 입원했다. 수술 후 마취에서 깨고 난 후에도 어깨 통증이 심할 거라는 말을 미리 들었는데도 엄마는 너무 많이 아파서 잠을 설쳤다고 했다.

장미가 가득한 날들, 아침 기온이 영하로 내려갈 정도로 나날이 추워지고 있다.

어느 '슈퍼맨'의 이야기

✦　　자신을 '슈퍼맨'이라고 표현한 이가 있다. 나는, 마흔이 넘은 그 사람의 영웅은 슈퍼맨이고, 자신은 어릴 적 영웅을 아직도 좋아하는 사람이라고 소개하는 것이라 지레 알아들었더니…. 응? 그냥 슈퍼에서 일하는 사람이란다.

생물학과 관련한 학부를 졸업한 뒤 의학 전문 대학원 시험을 준비했으나 최종 탈락하고, 컴퓨터 수리를 하는 직장에 다녔다고 했다. 나는 엘지나 삼성 같은 전자 회사의 서비스 센터를 생각했는데 소프트웨어를 다루는 작은 회사에 소속된 출장 수리 기사였단다. 출장비가 있어서 시급으로는 적은 편이 아니었지만 대우가 좋은 직장은 아니었단다.

직장 때문에 몇 년간 방을 얻어 살았는데 그 일은 소위 4대 보험이 적용되는 직장은 아니어서 몇 년을 일했지만 연금이 차곡차곡 모이지도 않았고 월세는 나날이 올라갔다고 한다. 그 상태로 이십대 후반을 넘기고 있을 때, 아버지께서 위암 말기 판정을 받았다는 소식에 몇 달 후 부모님이 계시는 집으로 돌아오게 되었단다.

컴퓨터를 수리하는 일을 계속할 수 있었지만 집에서 직장까지의 거리가 꽤 멀었다. 아버지는 어머니 외의 누군가가 부축을 하고 도와야 할 정도의 상태였고 병원에서는 집에서 간병할 것을 권유하는 상황에서 선택의 여지 없이 직장을 그만두고 어머니와 함께 아버지의 간병을 맡게 되었다.

얼마 지나지 않아 아버지는 돌아가시고, 부모님이 운영하시던 작은 식료품점은 자연스럽게 자식들이 돕게 되었다. 큰형은 다른 직장을 준비하고 있던 상태라 도울 수 없었고, 어머니와 작은형이 주로 맡아 운영하고 있는 상태였는데 인건비도 줄일 겸 막내인 그도 합류하게 되었다.

이전 직장으로 다시 돌아가기 애매한 상황에서 작은형을 도우며 부모님의 가게에서 일하기 시작했고, 자영업의 특성상 인건비를 줄이고 가족들이 일하니 가게는 어느 정도 자리를 잡아가기 시작했다는 이야기까지는 아주 아름다워 보였다.

어머니의 가게가 조금 더 안정되면 다시 직장을 잡아야 겠다고 생각했지만, 매일매일 반복되는 일에 치이다 보니 막상 미래를 위한 준비를 할 시간은 갖지 못했고 그렇게 어 느새 십구 년이나 지나 있었단다. 세상에, 십구 년이라니.

그러니까 그 사람이 자신을 슈퍼맨이라고 한 것은 맞 는 말이었다. 슈퍼마켓에서 일하는 사람, 슈퍼 맨. 이십대 에 시작했던 일을 지금껏 해 오고 있는 그는 사십대. 정 신을 차려 보니 이제 무언가를 새로 시작하기도 애매한 아저씨가 되어 있었다.

어머니를 도맡아 챙기다 보니 결혼을 하지도 못했다. 새벽 6시에 출근해 저녁 9시에 집으로 가는 생활은 이제 몸에 배어 버렸다. 집은 잠만 자는 하숙집, 물건을 받고 채우고 정리하고 청소하는 일이 이제 자신이 가장 잘할 수 있는 일이다.

가족과 이웃들은 처음에는 종종 그에게 결혼에 대한 이야기를 언급한 적도 있다. 하지만 당장 먹고사는 일이 먼저였던 때여서 자신과는 관계없는 일이라 여겼다. 그러 다 어느새, 동네 아이들이 태어나 자라고 대학을 가는 것까지 지켜보았을 만큼 시간이 갔다. 거짓말 좀 보태어 자식 몇은 키워 본 것이나 다름없는 것 같은 착각도 든다. 결혼에 대한 환상 같은 것은 꿈도 꾸어 본 적이 없다.

영화 〈월-E(WALL-E)〉에서 로봇 월-E는 생명의 흔적이 사라진 황량한 세상에서 쓰레기와 버려진 물건들을 정리하는 것이 일이다. 매일 반복되는 일상이지만 다른 일은 생각해 본 적이 없다. 그나마 재활용이 가능한 물건들을 발견하고 나름 쓸 만한 것들로 활용하며 자신만의 아지트를 만드는 일에 의미를 찾으며 살고 있다.

끝나지 않을 것 같던 월-E의 재미없는 삶도 에바(Eva)를 만나고, 그녀에게서 생명이 있는 어떤 것, 식물 화분을 받으면서 변화를 겪게 된다. 월-E는 아무도 없는 곳에서, 몸에 밴 습관을 반복하는 것으로도 살 수 있지만 그러나 '사랑'이 삶을 더 풍요롭게 해 준다는 것을 느끼게 된다. 월-E는 사랑을 위해 목숨을 걸고, 결국 삶 전체가 달라진다.

나는 그의 이야기에 잠시 월-E를 떠올렸었다. 자신을 슈퍼맨이라고 말한 그 사람은 사실 너무, 아주, 매우 우울한 인상의 어른이었다. 그가 자주 입는다는 회색빛 후드 티보다 ㄱ의 얼굴이 더 잿빛이었다. 웃음기가 없었고 머리 끝은 약간 희끗, 수염도 제멋대로 자라 있었다. 최소한 이요르(Iyore)나 월-E보다 더 우울한 표정으로 살고 있는 것만은 확실해 보였다.

십구 년간 슈퍼에서 단순노동을 해 온 사람. 가족이 운영하는 곳이지만 정해진 월급을 받되 다른 추가 수당은 없이 오로지 재고 물건 정리와 주문, 청소를 했다는 사람. 그렇게 일해 준 아들(들) 덕분에 가족이 모두 먹고살 만큼의 수입을 꾸준히 올릴 수 있었는데…. 어느 집이나 숨겨진 복병 같은 일원이 하나씩은 있듯, 약간의 문제도 있었다.

그 어머니는 아들 셋 중 유난히 장남을 아꼈단다. 둘째와 셋째 아들이 가게 일을 도와 온 십수 년 동안, 장남의 안위와 그 가정의 생계를 돕느라 사실 큰돈은 딴 데로 새고 있었다는 이야기는 슬펐다.

아들 둘은 서로 번갈아 가게 일을 하느라 서로 얼굴 볼 시간도 거의 없이 일했다. 반면 장남은 일찍 결혼하고 10억 가까이 되는 번듯한 집을 소유하고 있으며 최신식 차를 두 대쯤 굴리고 있다. 그 아내 또한 직장생활 한 번 하지 않고도 경제적으로도 여유 있게 잘 살아왔다고 한다.

어떤 슈퍼맨 이야기에 나는 울컥했다. 보통 슈퍼에서 배달이나 창고 관리로, 또는 택배 기사로 몇 년간 일을 한다고 해도, 남들이 하는 일들 — 연애나 취업 준비나 적당한 정도의 사교 모임 — 은 곧잘 하는 편일 텐데 그 사람은 좀 심할 정도로 사회활동조차 아예 한 적이 없단 다. 말수도 무척 적었는데 꼭 필요한 말 외에는 가족과도 거의 대화를 않는단다.

매일 새벽 어머니와 출근하고, 점심때쯤 어머니를 집으 로 모셔다 드리며, 가게 물건을 새로 해 오고 정리하고, 가게 문을 닫는 시간까지 손님을 맞고 청소를 하고 한밤 에 퇴근하고⋯. 이런 생활이라면 누구라도 친구 하나 못 만나겠다는 생각은 들었다.

어머니는 이제 아들이 애인이자 남편이 되어 버려 그가 없이는 아무것도 하지 않을 정도이다. 당연히 늘 곁에 있 어야 하는 이가 되어 버렸다. 이웃이나 친척 누군가가 막 내아들 장가 이야기라도 꺼내면 막내아들은 장가 안 간 다며 아예 입을 막았다.

그런데, 슈퍼맨의 마음은 사실 달랐다. 언젠가 한 번은 손님으로 오던 한 여성이 마음에 들어 관심 있게 지켜보았지만 다가가지는 못했다고 한다. 사실 대학 때 만났던 첫사랑도 꽤 오래 생각은 났었다. 아버지 병환으로 인해 집으로 돌아오기 전까지도 만났으니, 어쩌면 직장이 있던 대도시에 계속 살았다면 그녀와 결혼했을지도 모른다.

지난 십구 년간, 혼자되신 어머니 걱정에 집을 떠나지 못했다. 그리고 일 년 중 하루도 쉬지 못하고 일한 탓에 이직이나 결혼이나 친구들 모임 같은 것에 관심을 둘 여유가 없었다. 동시에, 슈퍼맨으로 일하는 기간이 길어질수록, 자존감과 자기효능감은 점점 더 낮아져 갔다. 능력이나 전문 기술 없이 어느새 사십대가 되고 보니 이제 와 지원할 수 있는 회사도 없다고 자조했다. 이웃 슈퍼가 아니라면 말이다.

십구 년의 단순노동의 경력은 결코 커다란 능력이나 전문 기술은 될 수 없다고 그는 스스로 생각하고 있었다. 사실 슈퍼에서 하는 일이란 것이 어제 수능 시험을 갓 치른 열아홉 살도 바로 시작할 수 있을 정도의 기본이자 단순노동이 아니던가.

누군가 며칠 일하다 그만두어도 다음에 온 사람이 수

습 기간 없이 당장이라도 할 수 있는 일, 심지어 훈련만 시킨다면 강아지도 할 수 있을 법한 일(이라고 그는 말했다), 그런 일만을 십수 년을 해 오느라 다른 일은 준비도 해 본 적이 없는 자신은 실패자나 다름없다고 했다.

루저. 실패자.

자신을 그렇게 생각할 수밖에 없었다는 슈퍼맨. 그런 자신을 멋진 남자라고 말해 줄 사람도 없거니와, 이제 '늙어 버려서' 할아버지나 다름없다고 생각한단다.

사실 만약 수염을 밀고 미소를 살짝 지으면 아주 멋질 것 같다는 생각이 들었다. 잘생겼다기보다는 매력이 있는 얼굴이었다. 누군가 그의 강점과 장점을 알아준다면, 아니, 월-E처럼 거의 전문가급의 정리벽이 있고, 같은 일을 말없이 십구 년이나 해 보았을 만큼의 성실함과 꾸준함을 알아봐 준다면, 그의 인생이 나중에, 인생의 중반 이후에도 오히려 빛날 수도 있다는 말을 '감히' 해 주고 싶었다.

자신을 알아봐 주고 믿어 주는 단 한 사람만 있다면(그 사람이 자기 자신이어도 좋다) 우리는, 월-E가 그랬던 것처럼 용기를 낼 수 있고 삶의 의미를 찾을 수 있을 것이다.

가족을 위해 인생의 청년기를 희생한 당신은 정말 멋진 슈퍼맨이라고, 그리고 주어진 인생을 최선을 다해 살아내는 것이 진짜 영웅의 모습이라고 말하고 싶었다. 자기 자신을 실패자라고 할 수밖에 없었던 것, 새로운 도전을 하지 않았던 것은 그가 단순한 한 가지 일만을 오래해 왔기 때문이 아니라, 변할 필요가 없었기 때문이었을 것이다.

필요하다면 언제든 그의 삶도 변할 수 있다고 생각한다(사람은 쉽게 바뀌지 않는다고들 하는데…). 아니 슈퍼맨을 믿는다, 동기가 생기는 순간 상황은 변하는 것이므로.

15달러로 시작하는 한 달, 그리고 풀꽃

✦ 손에 쥔 돈은 15달러. 처음 300달러 가지고 있던 것을 야금야금 쓰다 보니 11월을 시작하는 오늘, 15달러 남았다. 한국에서 서류를 보내 준 학교 담당자에게 나중에 보내려는 생각으로 기념 머그컵 하나를 사 두었었다. 한국인이 운영하는 미용실에 간다는 이민자(한국에서 3년 전 결혼해 이민 오게 된 지현 엄마)를 따라 산호세에 나왔다가 한국 가게에서 빵값을 계산할 때 5달러 보탰다(내가 빵을 세 개나 고르기도 했고). 미용실에 따라갔던 날, 처음 간 한국 가게에서 이것저것 구경하다가 생강차 한 팩을 샀다.

지난주 일요일에는 지현이의 생일잔치를 교회에서 한다기에 헌금을 약간을 보태 드렸다(그동안 지현이 할머니께서는 직간접적으로 교회에 함께 가자고 여러 번 이야기했다. 내가 같이 가지 않는 것에 약간은 서운함이 있던 상황이라 헌금이라도 조금 보태어 성의를 표현하려고 한 것이었으나… 서운함은 가시지 않은 것 같았다). 그리고 지현이의 첫 돌 생일과 지현 엄마의 생일이 동시에 있는 이번 주에 케이크 비용으로 30여 달러를 썼고….

여차저차하여 오늘 지갑에 남은 돈이 15달러.

공교롭게도 지현이네에게 전 재산의 3분의 1이 넘는 돈을 쓰고 말았구나. 기념일들이 연달아 있었으니 어쩔 수 없는 지출이다.

그러나 지금부터는 문제가 되겠다. 비상금으로 가져온 돈은 지니고는 있어야 하고, 한국 계좌에 남은 잔액은 매달 이것저 것 자동으로 이체되어 빠져나가고 있고… 역 시 돈 걱정만 없으면 만 사가 편한 것 같다.

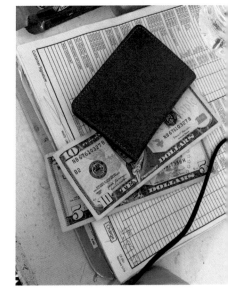

가벼운 지갑을 보고 있자니, 내 팔자야…. 한숨이 난다. 이놈의 돈 걱정은 안 해 본 적

이 없다. 남들이 보면 번듯하게 사는 것 같지만, 작은 사치는커녕 생필품도 아껴 가며 살아가는 게, 너무 팍팍하다. 내 인생은 처음부터 지금까지 너무 벅찼다.

아예 먹지를 말자. 15달러로 뭘 하겠나.

아이고, 신세한탄으로 시작하는 11월이다.

그런데 이 와중에, 집 앞에는 보도블록 틈에서 풀꽃 한 뿌리가 피어나와 인사를 한다.

바람이 분다, 살아봐야겠다.
바람이 불지 않는다,
그래도 살아봐야겠다.

아, 이런 시 구절이 생각나는 순간이다.

왓슨빌

겨울, 발이 따뜻해야 할 때

  ✳   손발이 찬 사람들에게 겨울은 스스로를 따뜻하게 보호해야 할 계절이다. 이럴 때 두툼한 옷과 모자와 함께 털신발과 털장갑이 필요하지만 한국에서 겨울을 날 때는 이 모든 것을 매일 갖추고 지내지 않는 편이었다.

  다 갖춰 입는 것이 실내 생활에서는 불편하기도 하고…. 그래서 대부분은 손발이 차더라도 대충 겉옷으로 감싸 해결하기도 할 것이다. 손발이 찰 때, 일명 수면 양말이라고 불리는 도톰한 털양말을 신어도 좋고 실내용 슬리퍼를 하나 마련해도 좋다.

  이것저것이 다 귀찮다면 방법은 있다. 한국에서는 바닥이 따뜻하도록 보일러 온도를 올려 주는 일이 최고였는데…. 이 최고의 방법으로 양말을 신지 않고도 겨울을 날 수 있었는데.

  아, 나는 지금 혹독한 겨울을 보내게 될 것이라는 심증이 있다. 따뜻할 것이라는 편견과 달리 이미 9월을 넘기면서부터, 그리고 11월 초, 서머 타임 시간 변경으로 하루 한 시간만큼 해가 더 빨리 지면서부터 캘리포니아의 한겨울은 이미 시작된 것만 같다.

새벽녘에는 영하까지 기온이 내려가 두툼한 담요는 필수이다. 한국에서는 방바닥 온도 20℃쯤이면 얇은 여름 이불로도 거뜬히 겨울을 났는데, 바닥 난방을 전혀 하지 않는 집에 있어 보니 대낮에도 집 안에서는 양말과 점퍼가 필수다.

이 기후에 익숙해진 사람들은 반팔티를 입고 점퍼는 하나씩 챙겨 다닌다. 내복은 입지 않되 해가 지면 도톰한 옷으로 몸을 감싸고 모자를 잘 쓰는 편이다. 나는 혹시나 해서 한국에서 싸들고 온 슬리핑 백을 괜히 가져왔나 생각했었는데, 지난주부터는 아주 요긴하게 쓰고 있다. 매트리스 위에 슬리핑 백을 올리고 그 위에 담요까지 덮고 자니 그제야 조금 적응이 되는 것 같다. 외풍이 심한 시골집에 자는 것처럼 코끝은 시리지만 그나마 밤을 견딜 만은 하다.

귀찮아서 신지 않았던 겨울 신발과 양말, 불편한 듯해서 입지 않았던 얇은 이너 웨어들까지, 살기 위해서는 뭐든 껴입고 뭐든 활용해야 한다는 것을 톡톡히 느끼고 실

왓슨빌

김하고 있다.

침대 매트리스 위에 슬리핑 백이라니, 새로운 침대 문화를 만들고 있는 것 같다. 코끝과 얼굴이 시리긴 하지만 몸 전체를 둘러쓰고 자면 또 견딜 만하다.

한 가지 정말 어이가 없는 것은 눈 폭풍이 올 정도로 춥다는 동부 지역에 있는 친구 말로는, 그곳은 밖은 춥기는 한데 대부분 집 안을 데우는 히터가 있더란다. 그리고… 지금 살고 있는 이 집에서, 나를 빼고는 모두 방 안에 개별 히터와 전기장판을 갖고 있다는 사실을 오늘 알았다. 이런.

겨울, 머리와 발이 따뜻해야 할 때…. 아, 얼굴과 발이 너무 시리다. 아쉬운 대로 옆방 사람이 넘겨준 슬리퍼와 따뜻한 공짜 음료로 몸과 마음을 녹여 본다.

내 인생은 지금 '겨울 한복판'인 것만 같다.

겨울, 발이 따뜻해야 할 때

모두가 행복해야 할 시간

✚   해가 짧아져 오후 다섯 시면 밤이 찾아온다. 11
월 말부터 흐린 날이 유독 많았고 이틀에 한 번꼴로 비바
람도 세차게 불었던 것 같다.

연말을 앞둔 관광지는 연휴 전 금요일과 주말을 보내
기 위해 몰려든 관광객으로 인산인해다. 쌀쌀한 날씨에
도 관광열차는 만원이고 해가 뉘엿뉘엿 지는 바닷가도
북적거린다. 노을 지는 놀이공원은 100년 넘은 역사를
자랑하듯 12월 내내 불이 켜지고 연말이면 특히 인기 있
는 명소가 된다.

오랜만에 나간 산책길에 미리 몇 달 전부터 예약을 해
야만 타 볼 수 있다는 관광 기차를 발견했다. 12월이면
산타크루즈 해안가부터 다운타운을 크게 한 바퀴 도는
데, 타 보려면 예약은 필수란다. 기차가 떠날 채비를 하
고 가족과 함께 탑승한 사람들이 손을 흔들고 지나가니

그제야 연말 분위기가 문씬 느껴지는 것 같다.

한동안 즐거운 일이 없었다. 날씨 때문이기도 하겠지만, 잘 웃지 않는 사람들 곁에 몇 달 있다 보니 어느새 우울감이 전염되었는지, 마치 『눈 먼 자들의 도시』에서 유일하게 눈을 뜨고 있는 사람인 양, 잘 웃는 내가 이상한 사람인 것만 같았다.

그런데, 웃음이 전염되듯이 우울 또한 전염된다는 것은 거의 기정사실이고, 웃는 얼굴인 내가 이상한 사람은 '맞다'.

마음이 따뜻해져야 할 연말 분위기를 보기만 해도 춥기만 한 바닷가에서 느끼니 더 춥다. 몸은 시리고 추운데 흥거운 캐럴과 밝은 모습의 아이들을 보니 나도 모르게 마음에 생기가 돈다. 역시 산책은 좋은 것.

절이 싫으면 중이 떠나야 하는 법 그리고 맘먹으면 너무나 추진하기 쉬운 일들로 가득한 세상이지만 '조금만 더 지켜보자…' 하는 중이다. 열 명의 우울한 사람과 한 명의 밝은 사람이 살아갈 때 계란으로 바위 치기처럼 결론은 정해져 있는 듯하지만 어느샌가 그 우울한 열 명 중 한 사람에게라도 변화의 단초를 제공할 수 있다면 일단 희망을 갖고 조금만 버텨 보자.

물론 데드라인은 있다. 깊은 고민 후에 결정은 단호해야 하므로. 일단 올겨울만 좀 더 지켜보는 것으로. 또, 연말은 늘 조금은 우울하고 어느 정도는 반성하며 지나가야 제 맛이긴 하므로.

파도가 밀려오는 태평양 바닷가에 누군가 모래로 커다랗게 글을 써 두었다. 멀리서도 글자가 또렷이 보인다.

HAPPY HOLIDAYS!

그래, 모두가 행복해야 할 시간, 즐거운 연말, 성탄 연휴들 되시기를.

왓슨빌

성탄 전야

✦　　동네의 집들은 지난달부터 이미 산타맞이에 들어가 있었는데, 성탄절이 가까워 오면서는 집들마다 환하게 등이 켜지고 불이 밝혀지고 있었다. 해가 지고 나면 휑하니 인적이 거의 없던 골목이 반짝반짝 LED 전구들로 가득했다.

나름의 산타 스토리로 집 앞 마당을 꾸민 집들이 따뜻한 연말 분위기를 만들어 주고 있던 와중에 드디어 성탄절 이브. 가족들과 모인 사람들이 잘 꾸며진 집들 앞을 구경하며 사진도 찍고 가고…. 대부분이 단층이거나 2층으로 된 비슷비슷한 주택들이지만 연말만큼은 이렇게 각 집주인들의 개성들을 한껏 표출하는 나름의 아이디어들.

저녁을 먹고 동네 한 바퀴를 돌다 보니, 집 앞에 아무 구경거리도 없는 집들도 꽤 있는데 그렇다고 그 집들에 온기가 없어 보이지는 않았다. 알고 보니, 성탄절 이브에는 대부분 현관문 앞의 등을 밤새 켜 둔단다. 산타와 루

돌프가 있든 없든, 종교가 같든 다르든(대부분은 같은 종교이지만) 현관문 앞 불을 환히 켜 둔 주민들.

이 마을에는 사실 많은 멕시칸들과 몇몇의 아시아인들이 모여 사는 편인데, 어쩔 수 없이 백인들이 주를 이루는 타운과 분위기는 조금 다르긴 하다. 특히나 아시아인들이 좀 더 사는 골목의 집들은 거의 아무 장식도 하지 않았다. 그러나 그런 집들도 12월 24일 밤에는 현관문을 밝히어 성탄을 축하하는, 약간의 동료애를 보여 주니 좋다.

짧은 동네 산책을 끝내고 돌아오니 밤이 깊었다. 밤은 깊고 마을은 고요하다.

집 안에 들어와 있어도 발이 시큰한 것 같아 생각해 보니 나는 아직 춥다. 어떤 쓸쓸한 느낌인지는 모르겠지만, 사실 주황빛 필라멘트 전구와 LED 전구가 주는 인상은 조금 다르다. 약간 따뜻한, 아랫목에서 전해 오는 발을 살살 녹이는 은근함이 느껴지는 주황색 전구와는 달리, 에너지가 충만한 LED 전구는 그 차갑고 젊은 혈기 때문인지 사실 따뜻한 느낌이 없다.

집집마다 화려한 색깔로 매달려 있는 장식품들이 왠지 모르게 더 겨울 같은 느낌을 주는 것은, 나의 노스탤지어 때문인가… 연말이기 때문인가.

왓슨빌

몬트레이 1694

에드워드 정 할머니를 처음 본 것은 2018년 여름이었다. 몬트레이에서 50년을 넘게 사셨다는데 정 할머니가 이민 온 이후 한국에 있던 부모와 형제들도 하나둘 태평양을 건너와 살게 되셨단다. 그래서 형제자매 11명 중 동생 하나를 빼고는 가족이 모두 미국에 살고 있다.

정 할머니는 얼굴에는 항상 웃음기가 있었고 거실 안쪽 소파에 몸을 묻고 뒷마당을 바라보곤 하셨다. 내가 그녀를 처음 본 날도 무릎 담요를 하고 뒷마당을 향해 앉아 계셨다. 지그시 웃음을 띠고 나를 바라보실 때 '참 따뜻하고 온화한 분이시구나' 하고 느꼈다. 살집이 좀 있으시고 웃음기가 있다 보니 후덕한 인상을 띠고 있었는데 사실은 일주일에 두 번이나 혈액 투석을 해야 하는 환자이셨다.

하루의 대부분을 의자에 앉아 보내는데, 거동이 불편해진 이후로는 집 안에서조차 이동을 최대한 삼간다.

그녀의 남편은 미국 군인이었다. 스물여섯 살에 미국으로 왔지만 아이는 없었고, 남편인 헨리는 이미 삼십여 년 전 암으로 세상을 떠났다. 그녀는 생애 대부분 시간을 동생들을 보살피며 보냈다. 미국으로 오고 싶어 하는 형제자매를 모두 초청했고, 집을 구하거나 여력이 생길 때까지 자신의 집에서 함께 지내기도 했다. 조카들이 커 가는 것을 모두 지켜보았으며, 한국에 남은 동생까지도 지금껏 챙기며 지내 왔다. 유학생 신분으로 미국에 건너온 한 동생은 사업도 크게 일으키며 교포들 사이에서 나름 알려진 인물이기도 하고, 여동생 하나는 가까운 곳에서 가게를 하면서 열심히 일해 건물을 몇 개 가지고 있다. 자신은 남편과 살던 집 한 채 외에는 가진 것이 없기는 하지만, 동생들이 자립해 가는 동안 물심양면으로 도왔다. 아이는 없지만 조카들이 아들딸이나 다름없다. 나이가 들고 병원에 갈 일이 자주 생기면서 누군가의 손이 절실하게 필요하다. 몬트레이에서 40여 분 거리에 사는 조카들이 종종 일을 봐 주기도 해서 그럭저럭 해결하며 지낸다.

정 할머니를 처음 만난 날, 약국에 들를 일이 있어 잠깐 외출을 하시게 되어 나도 동행했다. 할머니의 차를 타고 동네 약국에 다녀온 것이 전부였지만 그 짧은 시간 동안 정 할머니가 아주 따뜻하고 정감이 있는 분이라는 것을 느꼈다. 반평생 이상을 타국에서 산 사람이라고는 믿어지지 않을 만큼 한국어 발음이 좋았던 것 같다.

그런데 이날 이후 몇 번쯤 할머니 댁을 방문하여 안부인사를 하긴 했지만, 날이 갈수록 기력이 떨어지고 수척해지셔서 얼마 후에는 줄곧 병원에서 뵙게 되었다. 나는 혼자 정 할머니를 뵈러 간 적이 없어서 따로 대화를 나눈 적은 거의 없는데, 뵐 때마다 항상 따뜻한 눈으로 바라봐 주셨던 것은 기억난다. 시간과 상황이 좀 더 허락됐다면, 친구나 말동무가 되어 드리면 참 좋겠다는 생각을 하고 한국으로 돌아갔었다. 다시 뵐 수 있을지는 모르겠지만(가끔은 위독하셔서 응급실에 실려 가시곤 했기 때문이다) 건강하시기를 마음으로 빌었다.

2020년 1월.

정 할머니의 별세 소식을 들었다. 갑작스럽게 돌아가셔서 나도 놀랐다. 기력을 회복하셔서 조금 더 자주 뵙고 조금 더 시간을 같이 보낼 수 있었으면 했는데…. 소식을 들은 가족들이 몬트레이에 있는 병원으로 가는 길이었는데, 우연히 그날은 나도 같이 가게 되었다. 여차저차하여 아이러니하게도 그날 병원에 제일 먼저 도착한 것은 우리 일행이었고, 올케와 조카였던 일행들이 간호사를 만나러 가는 등 분주한 사이, 병실 앞에서 기다린 것은 또 나였다. 작년 가을, 엄마랑 미국에 같이 왔을 때 엄마도 몬트레이에서 정 할머니를 만난 적이 있다. 병실에서 30여 분쯤 뵈었을까, 엄마는 그분의 인상이 정말 좋고 다정다감하셨다면서 좋아하셨다. 병실 앞에서 기다리면서 엄마랑 네잎 클로버를 찾았었는데…. 정 할머니가 돌아가셨다는 소식을 엄마에게 전했더니 아주 안타까워하셨다.

정 할머니의 장례식은 2월에 있었다. 장례 절차가 한국과는 다르다 보니 일주일 정도 준비할 시간이 있었고, 그 기간 동안 가족들은 장례식을 위한 준비와 그 이후의 준비도 하는 모양이었다. 누군가의 장례식이 있을 때 3일 이내에 조문을 해야 하는 한국보다는 여유가 있어서 좋기도 한 것 같다.

장례식은 정 할머니의 집과 아주 가까운 공원묘지에서 진행되었다. 그곳에는 정 할머니의 남편이 잠들어 있는 곳인데, 할머니의 부모님과 동생도 그곳에 있다. 여러 사정들이 있었지만 가족들이 대부분 몬트레이와 가까운 곳으로 이주하게 된 것도, 그리고 먼저 세상을 뜬 동생 하나와 부모님이 정 할머니의 집 가까운 곳에 묻혀 계신 것도 모두 정 할머니가 이곳에 먼저 터를 잡았기 때문이란다. 자리에 앉아 장례 예배 안내문을 보았는데, 할머니의 성함은 정 에드워드, 한국 이름은 이정애였다. 병원을 방문할 때 병실 앞에서 본 이름이 '정'이어서 나는 그동안 할머니의 성함은 '정 에드워드'인 줄 알았다.

이정애.

참 곱고 예쁜 이름이라는 생각이 들었다. 할머니가 30년 넘게 다녔다는 몬트레이의 교회에서 오신 목사님이 '이정애 권사'라고 할 때마다 애정이 느껴져서 마음이 아렸다. 가족 외에도 많은 분들이 오셨는데 나중에 알고 보니, 모두 할머니가 다니시던 교회의 지인들이셨다.

태평양이 내려다보이는 몬트레이의 해변가에 있는 공원묘지. 경건하게 장례식은 거행되었으나 그날은 유난히 바람이 찼다. 겨울에서 봄으로 가는 길이어선지, 바닷가여서인지 바람을 맞은 얼굴이 얼얼할 정도였다.

장례식이 끝나자 조문객들은 모두 바쁜 걸음으로 공원묘지를 나섰다. 정 할머니의 묘지 위에는 붉은 장미와 화환들이 덩그러니 남았다.

2월, 봄꽃은 피고 지고

✤   2월이 시작되기 무섭게 코로나 바이러스 확산 소식에 비상시국이다. 동네를 한 바퀴 돌 때 보니, 목련이나 벚꽃이 핀 집들이 보였다. 벚꽃들이 바람에 날려 돌담에, 집들 앞에 꽃잎들이 후두두 떨어져 있다. 찬바람도 아직 가시지 않았는데 봄꽃이 이미 피고 지다니.

여기서 보니 꽃들은 제 계절을 알고 나온 것이 아니었나 보다. 매화가 피고 벚꽃이 피고 진달래가 피고 목련이 피고…. 한국에서 봄나들이는 곧 꽃 나들이가 아닌가. 꽃이 피는 순서대로 섬진강이며, 구례 등지를 휘휘 드라이브 삼아 달렸던 때가 있는데, 여기서 보니 꽃들은 자기 순서를 알고 나오는 것이 아니었나 보다. 한 집 마당에 목련꽃과 벚꽃이 흐드러지게 피어 있는 걸 보니 말이다.

캘리포니아에 사는 사람들은 꽃이 피는 순서가 봄이

오는 순서라는 것도 모르고들 있을 것이다. 코로나 바이러스로 세상이 시끄러운데도 낮은 점점 길어지고 날씨는 좋아지고 있다.

사계절이 뚜렷한 것과 그렇지 않은 것의 차이는, 날이 좋으면 바다에서 서핑을 하는 사람들이 봄부터 겨울까지 늘 있는 것과 그렇지 않은 것의 차이가 아닌가 싶다. 수영복을 입은 사람들을 볼 수 있는 계절은 한여름 해수욕장이 전부였는데, 이곳에서는 날이 좋은 주말이면 으레 어린아이부터 노년의 할머니 할아버지까지 햇살과 파도를 온몸으로 맞는다.

3월이 온다.

매년 가장 바쁘고 일이 많았던 때가 3월이었는데 당장 내일이 3월인데 철퍼덕 의자에 앉아 있다. 급하게 준비할 수업도 없고 확인해야 할 수강생 명단도 없다. 거의 20년 만이라는 생각이 들자 기분이 이상하다. 설날이 지나면 나는 늘 3월 개강 준비로 바빴었다. 수강생 현황도 틈틈이 파악해야 하고 수업 준비도 주차별로 시작해야 했으며 시간표가 변경될 수도 있는 학교 일을 하다 보니 연락을 기다리며 긴장을 늦추지 않아야 했다. 개강일 이전에 한 학기 동안 수업할 내용을 최소한 한 번 이상은 머릿속으로도, 자료로도 정리를 해 두어야 했으며 최신 정보와 자료를 수집해 두어야 했었다. 그런 시간들을 수년간 반복하다 보니, 여름방학보다 겨울방학이 더 바쁘고 할 일이 많았다. 언제 다시 바쁜 2월을 보내게 될까. 3월을 맞는 마음이 여유로우면서도 뒤숭숭하다.

섬진강변의 매화는 어김없이 피었을까.

봄꽃이 벌써 피고 또 벌써 진 것을 보니, 계절이 어떻게 가고 오는지 느낄 틈도 없이 시간이 흘러가 버리는 것 같아 슬프다. 활짝 피었던 이웃집 마당의 목련이, 오늘 보니 그 큰 꽃잎들이 땅 위에 툭, 툭 떨어져 있다.

왓슨빌

자유는 마음먹기 나름이 '아니다'

　✳　　진짜 자유는 몸의 자유다. 마음의 자유가 아니다.

대학원생일 때 한 수업 시간에 몸과 정신 중 실제로 우리를 지배하는 것이 무엇인지를 논한 적이 있다. 미국에서 박사 학위를 받고 한국에 돌아와 동료들과 관련 학회도 만드시며 선구적인 역할을 해 온 분이 당시 그 수업의 담당 교수였는데, 몇몇 선배들은 그 교수의 수업은 어렵다며 싫어하기도 했었다. 매주 수업 전에 읽어 가야 할 텍스트들이 꽤 많은 편이었고, 발제자가 아니더라도 그날 수업에서 토론할 내용은 물론 한국어 원문이 없는 경우 국문으로 번역하여 요약본을 제시해야 했었다.

그때는 가을 학기여서 수업을 한 지 몇 주가 지나면서부터는 가을이 깊어지는 것이 느껴졌던 기억이 있다. 교수 연구실이 있던 7층의 맨 끝 방에서 수업을 했는데, 창밖으로 가을이 무르익는 풍경이 고스란히 내려다보이는 전망 좋은 방이었다. 그해에는 주교재인 소설 텍스트 외에도 생태 비평과 관련한 몇몇 해외 논문을 입수하여 읽었던 학기였는데 '몸과 정신'은 당시에 수업 내용은 아니었고, 토론하는 과정에서 쟁점이 됐던 사안이었다. 나는 당연히 '정신'이 몸을 지배한다고 생각했고, 자유란 마음의 자유를 말하는 것이라고 믿고 있었다. 그런데 그날 교수님은 오히려 그 반대라고 생각하지 않는지를 물어보셨다.

교수님의 요지는 이랬다. 몸이 존재하지 않는다면 정신 역시 존재하지 않는다. 정신이 올바르다 하더라도 몸이 온전치 못하다면 그것은 가치가 있는 삶인가? 그리고 몇몇 철학자들의 논지를 예로 들어 주시며 학생들의 의견에 반박하셨는데 — 당연히 학생들은 대부분 정신이 몸보다 중요하다는 쪽에 섰다 — 지금 생각해 보면, 나는 그때 어쩌면 토론을 위한 의견을 내고는 '멋진 결론' 쪽으로 생각도 없이 동조한 것이 아닌가 하는 생각이 들었다. 정신 쪽을 강조해야만 더 가치 있어 보이고 멋질 것 같다는 생각을 은연중에 한 것인지도 모를 일이다.

오늘 갑자기 그때 그 수업이 생각나는 이유는, 나는 사실 요즘 몸의 자유든 마음의 자유든, 그저 자유라는 것

자체가 존재하는가 하는 회의론에 사로잡혀 있어서다. 게을러져서 그럴 수도 있고 출근을 하지 않고 있어서 그럴 수도 있다. 한마디로 복에 겨운 것이지. 그런데, 자유라는 것이 내가 즐기려고 마음먹는다고 해서 꼭 그렇게 할 수 있는 것만은 아니라는 사실이 현실이 되고 있기는 하다. 마음은 자유이지만 몸이 갇혀 있다면, 그것은 자유가 아니다. 또는 몸이 갇혀 있는데도 그 안에서 나름의 일을 찾고 창의적인 일에 몰두할 수 있다면 또 그것은 자유이지만, 몸이 갇혀 있으므로 온전한 자유는 아니다. 몸과 마음이 동시에 자유로워야 진짜 자유일 것이라는 것은 분명한데…. 그렇다면 나는 자유로운가, 아닌가. 뭐든 적당해져야 좋은 법일 터이다. 몸이 개운한 상태에서 즐겁게 생활할 수 있는 어떤 상태가 그립다. 마음이 불편한 날들이 이어지니 몸은 먹을 것을 찾고, 잘 곳을 찾고… 더 게을러진다. 마음이 불편해도, 하던 일을 해 나가야겠다. 생각에 잠기기에는 할 일이 많다는 독백을 했던 로버트 프로스트의 말처럼, 무언가 할 일이 남았다는 것은 무기력해질 수 있는 평범한 인간을 행동으로 이끄는 것 같다.

일어서야 할 시간이다.

서머 타임제

✦　　새벽 6시가 출근 시간인 어떤 이는 오늘 5시에 벌떡 일어났다. 오늘부터 서머 타임이 시작된단다. 어제 밤에 시계를 고쳐 놓지 않았는데 지금 시각이 5시이니 이미 6시인 것이란다. 확인해 보니 휴대폰의 시간은 6시가 넘었다. '아니, 여름 시간을 3월부터 왜 바꾸지?' 하는 생각이 들었는데, 원래 그렇게 살아온 사람들에게는 그저 연중행사의 하나이자 지켜 온 패턴일 뿐인가 보다. 내 의문과 질문 따위는 신경도 쓰지 않았다.

새벽 시간, 대문을 열고 나가니, 이 새벽에 앞집 아저씨도, 윗집 아저씨도 벌써 차의 시동을 걸고 있다. 모두가 그런 것은 아닌데 이 마을 주변에는 아침 6시에 출근하는 사람들이 꽤 있었다. 내가 생각했던 것보다 이 지역, 혹은 이 나라에 제조업이나 생산업에 종사하는 사람들이 많다는 것도 알게 되었다. 어쨌든 어제 아침, 시간을 익도적으로 이리저리 옮기는 일을 아주 당연한 듯 지키는 이곳 캘리포니아 사람들을 보니, 이미 하나의 시스템이 되어 버렸다는 사실을 느끼게 되었다. 재밌는 것은 서머 타임제가 시행된다는 것을 사이렌이나 안내장이나 그무엇으로 아는 것이 아니라 뉴스 정도를 통해 알더라는 것인데, 내가 살고 있는 이 집의 가족들만 그런 것인지 다른 사람들은 언제부터 시간이 바뀌는 날인지 확인을 미리 하고들 사는 것인지를 모르겠다. 나는 예상치 못한 이 상황에 자다가 갑자기 새벽 다섯 시에 잠에서 확 깬 꼴이 되고 말았는데, 몇 시간 눈도 못 붙였는데 벌써 여섯 시가 되어 버리고 말아 황당했다. 이럴 줄 알았으면 어제 한 시간을 일찍 자는 것인데 억울한 생각이 들었다.

말로만 들었던 제도이다. 한국에서도 언젠가 시행한 적이 있다는 기록이 있는데 사실 나는 기억에 없다. 윤년이나 윤달이 드는 해, 또는 2월이 29일까지 있는 올해와 같은 달력도 나에겐 신기하고 재미있는 경험들인데, 서머 타임제를 일 년에 두 번씩은 경험하고 사는 사람들이라니.

그런데 서머 타임제가 시행된 바로 그날 아침에는 약간

어리둥절해서 오늘 이 일은 이슈가 되겠구나 싶었는데, 놀랍게도 그 어떤 사람들에게도 이 일은 화제가 되지 못하는 것 같았다. 집 안에 있는 시계들은 어느새 모두 한 시간 앞당겨졌고, 휴대폰의 시계는 자동으로 바뀌어 있었다. 어제의 한 시간을 도둑맞았다는 증거는 그 어디에도 남아 있지 않은 것이었다.

해는 하루 사이에 한 시간이나 길어졌다. 겨울에서 봄으로 천천히 날이 길어지고 노을이 지는 장면들을 여유 있게 바라보며 봄이 오는 것을 지켜봐야 하는데, 이곳은 이미 여름이라니 힘이 빠진다. 새 학기를 앞두고 3월이 오기를 기다리고, 새벽에 일찍 일어나 보자며 계획표를 만들어 실천 기록표를 쓰곤 했던 고등학교 시절이 있었는데… 나에게 봄이 오는 길목인 딱 이맘때는 일 년 중 어느 때보다 마음을 다잡고, 한 해의 계획을 세우고, 몸과 컨디션을 정갈히 하는 때였는데… 이 마을에서 목련이 벌써 피고 진 모습을 보질 않나, 여름이라며 시간을 앞당기질 않나. 햇살의 천국인 것 같지만, 은근히 낭만도 없고 서정적이지도 못한 지역이다.

그제야 인간이 이미 어떤 시스템에 길들여져 있다는 사실을 알게 되었다. 어떤 시스템이든 그것을 받아들이는 데에 처음에는 다소 진통이 있고 익숙해지는 데 시간이 걸리지만 어느 정도의 시간이 지나고 나면 누구도 그 시스템이 처음 도입되었을 때의 혼란과 불평들을 기억하지 않는다. 역사에는 기록이 되겠지만 인간의 뇌와 인간의 몸에는 각인되지 않는다는 생각이 들자, 고도로 계산된 어떤 프로그램에 의해 돌아가는 기계들처럼 감정은 있으나 시스템에 대한 반기를 들지 못하는 뇌를 가진 존재들로 변모해 버린 것 같아 씁쓸하다.

사실, 『어린 왕자』의 주제 중 하나가 익숙해진다는 것의 위험성이 아니던가. 잃어버린 시간에 대해 불평이나 불만이 없고 그저 시간이 바뀌면 바뀐 대로 그 시계에 따라 생체 시간을 바꾸어 버리는 존재. 물론, 서머 타임제를 도입한 데에는 나름의 이유들이 있지만 어쨌든 그 이유 또한 아주 실용적인 면에서 인간의 신체와 두뇌를, 혹은 노동력을 이용하려는 심산이 아니었던가. 아주 먼 그리스 로마 시대에 하늘을 보며 존재의 이치를 생각하고, 해가 뜨면 일어나고, 해가 지면 잠을 잤던 사람들이 야말로 가장 '자연스럽게' 인간적인 생활을 했던 것은 아니었을까.

서머 타임으로 한 시간을 잃어버린 것이 바로 어제인데, 내 주변의 사람들은 모두 잃어버린 시간에 대해서는 까맣게 잊은 듯하다. 아니, 라디오나 TV 매체 어디에서도 이렇다 할 언급이 없다. 아, 잃어버린 한 시간이 내내 아까운 나는, 아직도 인간 세상에서는 비주류인가 보다.

Epilogue

✳ 여름이 끝날 무렵 도착해서 1년이 지난 것도 아닌데 다시 여름이 되었다. 1년이라는 스펙트럼의 양 끝에 여름이 있는 것만 같다. 내 기억에 이곳에서 분명 가을이나 겨울은 없었다. 그저 여름밤에 바람이 조금 차가워진 날이 한동안 있었고, 집 앞 나뭇잎이 말라 떨어지더니 다시 조금씩 싹이 트기 시작했었다. 흐린 날이 한동안 계속되다가 날이 맑아지나 했더니 이제 겨울이 다 갔단다.

계절이 가고 오는 것을 알아채지도 못하고 해가 저무는 것을 먼발치에서 바라본 날도 많지 않았다. 블라인드로 가려진 작은 창에서 밖을 내다보면서 벌써 여러 달을 보내고 나니, 이 지역이 날씨가 좋아 살기 좋다는 말이 맞는 것이 아니라, 계절의 변화를 못 느끼고 그저 낮밤의 변화만 피부로 느껴지다 보니 하루하루가 사계절이고 일

년의 변화가 마찬가지인 것 같다. 그러니 딱히 여름옷, 겨울옷 구분도 없이, 아침에 추우면 두꺼운 외투를 걸쳐 입고 한낮에는 반팔 여름옷과 선글라스를 끼고 있어야 하며, 해 질 녘이 되면 을씨년스러운 한겨울처럼 바람에 얼굴이 시리고 사람들은 흔적도 없다.

시간의 흐름은 마치 거대한 시스템의 진화처럼 그 속에서는 느끼기 힘든 일일 게다. 우주 공간 속에서 지구가 자전하고 공전하는 그 기계 소리가 너무 커서 인간이 느끼지 못한다는 것처럼 말이다.

아, 책장 위의 책들. 개리 스나이더와 로빈슨 제퍼스, 에리히 프롬, 칼 세이건, 바슐라르, 그리고 슈레딩거의 소중한 저작들. 한국을 떠나는 비행기에 싣고 올 때 혹시라도 상처를 입을까 일명 뽁뽁이가 있는 포장지에 한 권, 한 권 정성스럽게 포장해 온 책들이 아직도 도착했을 때의 모습 그대로이다. 시간의 흐름을 내가 거스를 수 없다면 저 책들과 씨름이라도 해 보자. 오늘부터는 무료한 자유 시간보다 능동적인 나의 시간을 즐길 수 있기를. 떠나올 때 2019년이었는데 해가 바뀌어 나는 이 시골 마을에서 2년째 살고 있는 셈이다. 그동안 이렇다 할 움직임도

왓슨빌

큰 사건들도 없었으니, 시공간을 건너와 잠시 사라진 존재인 것만 같다.

친구들의 안부가 궁금해진다. 조카 은수가 많이 컸을 것이다. 해가 조금 더 길어지면 나의 왼손잡이 친구, 은수를 만나러 가야겠다. 그리고 다음 일기는 은수와 재회하는 순간부터 시작해야지.

2020년 3월. 왓슨빌에서

이 작은 책을
존경하는 故 오권묵 선생님의 영전에 바칩니다.
'왓슨빌'이 출간되었을 때 기뻐해 주셨던
모습을 기억합니다.

행복하시기를 기원하며.

2023. 3. 7.